Anthoine de La Sale

Die fünfzehn Freuden der Ehe

Verone

Anthoine de La Sale

Die fünfzehn Freuden der Ehe

1st Edition | ISBN: 978-9-92500-150-7

Place of Publication: Nikosia, Cyprus

Erscheinungsjahr: 2016

TP Verone Publishing House Ltd.

Anthoine de La Sale

Die fünfzehn Freuden der Ehe

Viele haben schon mit guten Gründen und unwiderlegbaren Beweisen zu zeigen unternommen, wie die größeste Glückseligkeit des Menschen auf dieser Erde darin bestehe, dass er frei und ungebunden lebe und er in allem seinem Willen folge und darin keinen Zwang dulde. Dagegen könnte man einwenden, dass der nicht recht bei Verstande sei, der ganz den Freuden und Genüssen der Welt ergeben, freiwillig und ohne Nötigung in ein trauriges enges Gefängnis voll Tränen sich stürzt, wo alsbald hinter ihm die eiserne Tür sich schließt und ihn so verschlossen hält, dass kein Bitten ihn jemals mehr befreit. Die Torheit eines solchen Menschen würde auch dann nicht entschuldbar sein, wenn er vorher, bevor er so ins Gefängnis kam, das Heulen und Klagen derer, die darin sind, nicht gehört hatte.

Das kann man wohl sagen: einer, der nicht sein eigenes Wohl liebt, auch wenn er andern damit keinen Schaden tut, der ist nicht bei Verstand; wie man den nicht für klug halten wird, der freiwillig in einen tiefen Graben springt, um darin zu leben. Solche Gräben hält man sich für wilde Tiere und selbst die sind darin nicht zufrieden und suchen auszubrechen und zu entkommen; da es aber zu spät ist.

Das gilt auch von denen, die in der Ehe leben und so dem Fisch gleichender in einem großen Wasser frei lebt und schwimmen kann, wohin er mag – bis er ans Netz kommt, in dem schon viele Fische zappeln, die sich vom Köder locken ließen, und nach dem auch seine Lust groß ist, dass er sich müht hineinzukommen und sich nun mit den andern Fischen erlustiert. Und da kann er dann nicht mehr heraus, und ist Traurigkeit und Trübsal, wo er meinte, Freude und Lustbarkeit zu finden. Die Lockspeise ist die Ehe, und der Jüngling ist der Fisch. Er sieht die andern, die verheiratet sind, im Netz und es dünkt ihm, als ob sie in lauter Freude schwämmen. Das lockt ihn und so wird er auch gefangen und kann nicht mehr heraus. Ein *DOCTOR VALERIUS* wurde von seinem Freunde, der sich verheiratet hatte, gefragt, ob er recht daran getan hatte, worauf ihn der Doktor nur fragte: »Mein Freund, habt Ihr kein hohes Fenster gefunden, aus dem Ihr Euch kopfüber in einen tiefen Fluss stürzen konntet?« Er wollte damit sagen, wie großer Gefahr er sich damit ausgesetzt habe, dass er seine Freiheit aufgab. Der *ARCHIDIACON VON THEROUENNE* gab seinen geistlichen Stand auf, um eine Witwe zu heiraten, bei der er, wie er mit großer Betrübnis selbst erzählte, in ewiger Knechtschaft lebte und in Leiden und Ärger aller Art. Er bedauerte sehr was er getan und schrieb zum Besten derer, die ihm zu folgen etwa Lust bezeigen sollten, ein schönes Buch darüber, welches das *BUCH DES MATHEOLUS* heißt. Und auch andere haben von gleichen Leiden erzählt.

Viele fromme Leute haben in Hinsicht auf die Heilige Jungfrau und ihre fünfzehn Freuden, wie die Verkündigung, die Geburt und die andern, viele schöne Gebete zum Lobe der Jungfrau angefertigt, und so bin ich auf den Einfall gekommen, die Ehe auf dieselbe Art zu behandeln, obzwar ich selber nicht verheiratet bin, insofern es Gott gefallen hat, mich auf andere Art zum Sklaven zu machen. Da man nun bei der Ehe fünfzehn Zeremonien übt, wie ich mir von denen habe sagen lassen, die die Sache verstehen und sagen, es gäbe nichts freudvolleres als verheiratet sein, so nehme ich daraus den Anlass, meinem Buch die Überschrift *DIE FÜNFZEHN FREUDEN DER EHE* zu geben – worunter ich aber nichts andres verstehe, als alle Schmerzen und Qualen und Elend und Trübsal, die auf Erden sind; keine andern, als etwa das gliedweise Zerstückeln des lebendigen Leibes sind größer. Deswegen verurteile und tadle ich jene nicht, die sich verheiraten, und bin ganz ihrer Meinung, dass sie wohl daran tun, denn sie sind auf diese Welt gesetzt, um Leiden zu ertragen und Buße zu tun, auf dass wir in das Paradies kommen. Und es kommt mir vor, dass der Mensch keine größeren Leiden ertragen und keine schwerere Buße tun kann, als wie ich es in diesem Buche aufgeschrieben und erklärt habe. Dies eine tröstet mich dabei, dass viele von denen, die verheiratet sind, diese Leiden für Freuden halten und dieses Unglück für Lustigkeit, und dies, weil sie verheiratet und daran gewöhnt sind, wie ein Esel ans Lastentragen; ist aber kein Verdienst dabei. Es unterhält mich und macht mir Spaß, wenn ich so viele in diesem Netz zappeln sehe, in dem sie ganz fest gefangen sind, wie ich es in diesen fünfzehn Freuden gezeigt habe, zu ihrem Trost. Ja, für sie habe ich meine Mühe, meine Tinte und mein Papier verschwendet, nicht für die andern, die noch nicht verheiratet sind, dass sie sich in dem Netz nicht sollten fangen lassen. Nein, das ist gar nicht meine Absicht. Um zu bereuen, muss man etwas getan haben und ich sage diesen nur, dass die Freuden ewig dauern und sie ihr Leben im Elend enden werden.

Die erste Freude der Ehe ist aber diese:

Ein junger Mann lebt in seiner schönsten Jugend, lustig, sorglos, zu allem Scherz aufgelegt wie zu jedem Liebesabenteuer; er sucht sein Vergnügen nach Stand und Vermögen; Eltern oder Verwandte geben ihm, was er braucht und er hat sich nicht zu kümmern. Er sieht die Verheirateten, die sehr verlegen in ihrem Netz sind; aber sie kommen ihm vor, als ob sie sich da prächtig unterhielten, des Weibes wegen. Er sieht die Frauen schön geputzt, in Kleidern, die ihre Männer allerdings oft nicht selbst bezahlt haben; die Frauen sagen ihnen, sie hättens von ihrer Mutter. Der junge Mann kann nicht weg von dem Netz, läuft immer daran herum – bis er hineinfällt und sich verheiratet. Die Eile, die er hatte, ließ ihn sich nicht besinnen und so hat er oft einen Kauf geschlossen, ohne zu wissen, was er bekam. Aber nun ist's geschehen, und der arme Schelm kann nicht mehr wie früher den Schönen Artigkeiten sagen und ihnen Geschenke machen. Wohl stellt er sich eine Zeit lang vergnügt und zufrieden, bis er sich wieder des andern besinnt, aber es ist zu spät und keine Zeit mehr dafür. Seine Frau weiß ihn schon so herzurichten, wie sie ihn haben will. Und hat sie zufällig ein munteres, fröhliches Herz, und Freude an Festen und Gelagen, so wird sie gern dahin gehen und wird da andere Frauen, bürgerliche oder von ihrem Stande sehen, gekleidet in der neuesten Mode. Dies ge-

4

fällt ihr so wohl, dass sie sich ihres altmodischen Staates, wie sie sagt, schämt; und so wartet sie auf Ort und Stunde, wo sie ihrem Mann diese wichtige Sache vorbringen könnte, und wählt Ort und Stunde, wo ihr der Mann besonders ergeben und nachgiebig gestimmt ist: die Nacht und das Bett. Da wartet der Mann schon auf das Vergnügen und verliebtes Spiel und vermeint, dass sich nichts anderes sonst da schicke. Da sagt die Frau: »Lass mich, ich bin heut gar nicht aufgelegt und nicht wohl.« – »Was fehlt Dir, Liebe?« fragt der Mann. – »Ich weiß wohl,« sagt sie, »was mir fehlt, aber ich werde mich hüten, Dir's zu sagen, Du machst Dir ja doch nichts draus.« – »Wie kannst Du, Liebe,« fragte er, »so zu mir sprechen?« – »Es ist nicht nötig, dass Du es weißt, und gerade das ist etwas, worauf Du nicht hören wirst, wenn ich es Dir sage.« – »So sprich doch«, sagt der Mann. »Also wenn Du es willst, mein Liebster«, sagt die Frau: »Du weißt, ich war gestern auf den; Fest, zu dem Du mich schicktest und wo ich erst nicht hinwollte. Wie ich also hinkomme, da war keine Frau so schlecht angezogen wie ich und keine davon war schließlich mehr wie ich, wie ich wohl ohne Überhebung sagen kann. Ich sag das nicht meinetwegen, wie Du weißt, denn ich weiß, was ich bin, aber ich schämte mich für Dich und für meine Freundinnen.« – »Ja, wie waren denn die andern angezogen, Liebste?« fragt der Mann. – »Da war keine,« erklärt die Frau, »die nicht in Samt ging, mit Spitzen oder in modernem Grün, grau ausgeschlagen, mit weiten Ärmeln und seidengestickten Gürteln, die auf dem Boden schleiften, alles nach der neuesten Mode. Du kannst Dir denken, was ich daneben für eine Figur machte mit

5

meinem Hochzeitskleid, das nahezu abgetragen und zu kurz ist, weil ich seit der Heirat stärker und größer geworden bin. Ich war ja noch ein kleines Mädchen, als ich heiratete, und jetzt hab ich eine Taille, als ob ich schon paar Mal Mutter gewesen wäre. Ich hab mich unter den andern so geschämt, dass ich alle Kontenance verlor. Und da fragte mich noch die eine, was ich da anhabe, und eine andere sagte, es sei eine Schande, wie ich angezogen sei.« – »Ach, Liebste,« seufzt der gute Mann, »Du weißt doch, dass wir genug Ausgaben haben und dass ich, als wir heirateten, alles anschaffen musste, Bett und Möbel und alles andre, und dass wir jetzt mit dem Geld etwas knapp sind. Du weißt doch auch, dass ich auch zwei Ochsen für unsere Meierei draußen kaufen muss. Und dann muss ich vor allem andern das Scheunendach flicken lassen, das es sehr nötig hat. Und dann muss ich vielleicht auch noch wegen Deines Prozesses, der mich nur kostet und bei dem ich nichts gewinne, zu Gericht fahren.« – »Ach, Du wirfst mir schon wieder den Prozess um mein Heiratsgut vor, anderes fällt Dir ja nichts ein,« sagt die Frau und dreht sich um, dass sie ihrem Mann den Rücken kehrt, »lass mich, ich rede kein Wort mehr mit Dir.« – »Werd doch deswegen nicht gleich so wütend, Liebe,« bittet der Mann. – »Gar nicht,« sagt sie, »aber wenn Du nichts oder nur wenig hast, kann ich doch nichts dafür. Aber Du weißt doch ganz gut, wen ich alles hätte heiraten können, zwanzig warens gewiss, die mich um meiner Schönheit wegen haben wollten, ohne Mitgift. Und Du wirst Dich noch gut erinnern können, wie Du immer um mich herum warst und ich keinen andern wollte als Dich, und wie mein Vater dagegen war und noch ist und wohl recht hat, denn jetzt seh ich es ein, dass ich die unglücklichste Frau auf der Welt bin. Sag mir doch, ob die Frauen, die sich vor mir in ihren schönen Kleidern brüsten, mehr sind als ich, ob sie reicher oder vornehmer sind, sag doch! Beim heiligen Johann, die Kleider, die sie ihren Mägden schenken sind besser als die, die ich am Sonntag trage. Ich weiß nicht, weshalb so viel ordentliche Leute sterben, um die es schade ist – wollte Gott, ich stürbe bald! So wärst Du mich los und brauchtest Dich nicht mehr über mich zu ärgern.« – »Sprich doch nicht so, Liebste,« sagt der Mann, »Du weißt, es gibt nichts, das ich nicht für Dich täte. Dreh Dich doch wieder zu mir, ich tu alles, was Du willst.« – »Lass mich. Ich weiß ja, wie Du Dein Wort hältst. Aber das sag ich Dir: Nie mehr lass ich mich von Dir auch nur anrühren.« – »Nie mehr!« – »Nein, nie mehr!« – Nach einer kleinen Weile sagt der Mann: »Wenn ich gestorben bin, heiratest Du auch sofort einen andern.« – »Ich?« ruft die Frau aus, »ich noch einmal heiraten? Beim Sakrament, mich küsst kein Männermund mehr, und wenn ich wüsste, dass ich nach Dir sterben sollte, so würde ich schon was tun, dass ich die erste wäre.« Und sie beginnt zu weinen.

Und weint und weint – bei sich denkt sie gar nicht daran – und ihrem Mann ist beides: wohl und weh. Wohl, dass seine Frau nur für ihn leben wolle, und weh, weil er sie weinen sieht, was ihm das Herz rührt; und ohne ein Wort zu sagen, nimmt er sich vor, ihren Wunsch zu erfüllen, und tut ihr schön auf tausend Arten. Aber noch hat sie das Kleid nicht und gibt ihre Rolle der zürnenden Unglücklichen nicht auf: rührt sich nicht und spricht kein Wort. Früher als gewöhnlich steht sie am nächsten Morgen auf; den ganzen Tag ist sie schlechter Laune; schenkt ihrem Mann keinen Blick. Es kommt die nächste Nacht, und die Frau geht zu Bett; nach einer Weile sieht der Mann nach, ob sie schon schläft und auch gut zugedeckt ist. Da tut sie so, als ob sie aufwachte. »Schläfst Du schon, Liebste?«, frägt der Mann. – »Noch nicht.« – »Und bist Du wieder gut?«, frägt er. – »Gut? Du weißt, dass mein Zorn nicht lang dauert. Und dann hab ich ja Gott sei Dank alles, was ich brauche.« – Und der Mann: »Ja, das haben wir, und so will ich Dir auch zu der Hochzeit meiner Cousine ein Kleid kaufen, wie es keine andere hat.« – »Ich geh aber doch nirgends hin in diesem Jahr!« sagt die Frau bestimmt. – »Du wirst schon,« sagt der Mann, »und sollst haben, was Du verlangst.« – »Was ich verlange?« macht die Frau erstaunt, »aber ich verlange doch gar nichts! Gott soll mich bewahren, dass ich es um meinetwillen gesagt habe, denn ich gehe heuer nicht aus dem Hause als in die Kirche, und ich hab Dir nur erzählt, was die andern sagten.« – Der Mann überdenkt alle die Sachen, die er in seine Wirtschaft zu kaufen hat, und weiß nicht, woher er das Geld dafür nehmen soll. Dafür und für das Kleid, das zu kaufen er nun durchaus entschlossen ist, denn er sieht seine Frau so klug und schön. Er wälzt sich die Nacht auf seinem Lager und denkt an das Geld, während die listige Frau heimlich über ihn lacht.

Nächsten Morgen ist der arme Mann ganz zerschlagen von der Nacht, steht auf und geht. Er borgt sich Geld, verkauft ein goldenes Familienstück von seinem Großvater her und kommt heim mit Seidenstoffen und Spitzen und Tuch und allerlei Zutat, wie es seine Frau verlangte. Die stellt sich erst, als ob ihr gar nichts daran gelegen und schimpft auf jene, die mit ihrem Gerede sie zu solchen Ausgaben veranlassten. Wie nun alle Sachen da sind und nichts mehr fehlt, sagt sie: »Mein Lieber, sag mir nur morgen oder übermorgen nicht, dass ich Dich veranlasst habe, so viel Geld auszugeben; Du weißt, ich bin mit dem Einfachsten zufrieden.« Kurz, das Kleid wird nach der neuesten Mode gemacht, und die Dame zeigt es in Kirchen und auf Bällen.

Dann kommt die Zeit, dass der Mann seine Gläubiger zahlen muss; er kann nicht zahlen und sie wollen nicht länger warten. Man droht mit der Pfändung – die Frau hört zu – und man nimmt Schmuck als Pfand mit. Und da er nicht bezahlen kann, kommt der Tag, da ihm alle seine Habe genommen wird. Die Frau läuft im Hause herum und schreit: »Verflucht sei die Stunde, da ich geboren wurde! Dass ich doch in den Windeln gestorben wäre! Was für eine Schande! Hab ich gearbeitet und gesorgt und nun ist alles verloren! Wie könnte ich glücklich sein, hätte ich mich anders verheiratet!« So klagt die Frau und weint und denkt nicht an ihre Kleider und Feste und Kindstaufen, die sie so gern besuchte, statt sich daheim um die Wirtschaft zu kümmern, und gibt alle Schuld ihrem Mann. Und der ist vor Liebe so heruntergekommen und unfähig geworden, dass er alle Schuld auf sich nimmt. Er denkt nichts sonst, als wie sich von seinen Schulden befreien, damit die Frau nichts zu klagen und weinen habe, und bringt so sein Leben hin in Kummer und stirbt in Elend.

Die zweite Freude der Ehe ist diese:

Die Frau hat prächtige Toiletten und weiß, dass sie schön ist – wenn sie es auch nicht ist, denkt sie es und glaubt es. Sie geht häufig in Gesellschaft, zu Festen und Gelagen, was dem Mann gar nicht gefällt, und nimmt dahin ihre Cousine mit oder ihre Tante sowie ihren Cousin: Wenn der auch gar kein Cousin ist, so sagt sie doch, er sei ihr Cousin und hat gute Gründe dafür. Auch die Schwiegermutter versichert dem Mann, es sei ein Cousin, um ihm das Zeug zu erleichtern, falls er Verdacht haben sollte. Und wenn immer der Mann die Ausrede braucht, es seien keine Pferde, es sei kein Wagen da, man könne nicht ausfahren, sagt wohl gleich die Tante oder die Cousine: »Wahrhaftig, mein Lieber, ich habe einen vortrefflichen Mann, der mich überall hingehen lässt, wohin ich nur will; aber ich würde das nicht sagen, wenn ich nicht wüsste, dass Ihre Frau lieber zu Hause ist und sich gar nichts daraus macht, in Gesellschaft zu gehen.« So gibt nun der Gute seine Einwilligung, dass sie nur gehen möge. »Und Sie wissen ja«, wird ihm noch weiter gesagt, »wo Ihre Frau hingeht, dass da nur sehr anständige Leute sind,« und die so redet, braucht nur etwas gut angezogen zu sein, um ihre Rolle vor dem Mann vollendet zu spielen. »Ich weiß wohl«, sagt der dann, »dass es die beste Gesellschaft ist; es wäre mir nur lieber, sie wäre in der Stadt als draußen vor der Stadt. Aber diesmal mag sie gehen, und sorgen Sie dafür, dass sie zum Abend zurück ist.« Bis dahin hat die Frau geschwiegen; nun, da sie der Sache sicher ist, tut sie so, als ob sie viel lieber zu Hause bliebe: »Ich wäre viel lieber zu Hause geblieben, ich mache mir wirklich nichts daraus, Liebster.« – »Du kommst mit!« sagt die Cousine oder die Tante. Die nimmt dann der Mann beiseite: »Wenn ich nicht wüsste, dass sie mit Ihnen geht, ich ließe sie nicht fort.«

Sie machen sich auf den Weg und machen sich lustig über den guten Mann, den sie ein bisschen eifersüchtig finden, was aber nichts weiter mache. Unterwegs warten schon wo die Galane, die den Anfang schon wo anders gemacht hatten und nun den Schluss wollen; sie geleiten die Damen an den Ort der Freude. Mein Gott, was sie der jungen Frau alles sagen und ihr den Hof machen; alles ihres Mannes wegen natürlich, das weiß Gott. Sie tanzt und singt, und wie sie die Galane so gut aufgelegt sehen, werden sie kühner. Der eine sagt ihr hübsche Worte über die Schönheit ihres Leibes, der andere kniet vor ihr nieder und küsst ihr die Hand. Einer sieht sie nur mit Blicken an, und einer schenkt ihr gar einen Ring mit einem edlen Stein. Die Dame merkt so gar leicht, was die Herren wollen.

Dieses Leben seiner Frau veranlasst den Mann, selber in Gesellschaft zu gehen und Gesellschaften zu geben, an denen sich auch die Galane seiner Frau einfinden, ohne dass er sie kennt, und die nur darauf warten, ihn zu betrügen. Das geht nun eine Weile, bis es ihm ein Freund sagt, oder das Paar sich selbst verrät und er die Wahrheit entdeckt oder ahnt. Und nun kommt die Eifersucht über ihn, der sich kein kluger Mann hingeben soll: Denn hat er einmal die Krankheit seiner Frau erfahren, so kann keine Medizin sie heilen. Er mag sie schlagen und einsperren, er wird sie doch nicht anders machen, ja, er wird die Liebe, die sie für ihren Liebhaber hat, nur noch toller machen. Geld und Gut verliert er darüber, denn er versinkt in eine Gleichgültigkeit gegen alles, was nicht seine Frau angeht, die ihn betrügt und die er doch liebt. Denn manchmal ist sie wieder ganz zärtlich zu ihm, aber es ist nur zum Zeitvertreib und anderem Spiel. So verlebt er seine Tage in Kummer und Qual und nimmt es für Lust und Freude. Und ist ganz verstrickt in dein Netz, und sieht keinen Ausweg, und verbraucht sein Leben in Kummer und stirbt im Elend.

Die dritte Freude der Ehe ist diese:

Der junge Mann hat mit seinem jungen Weibe alle Wollüste und Freuden getrieben, und sie wird schwanger, doch wohl nicht von ihrem Manne. Der hat nun Sorg und Plage, denn er muss rennen und laufen, das zusammenzuholen, was die Frau zu haben wünscht. Lässt sie eine Nadel fallen, muss er sich danach bücken, denn es könnte ihr Schaden tun, und keine Speise ist ihr recht, wie er sie auch wechselt; das Gewöhnliche wird ihr bald zum Ekel und er muss seltene, ungewöhnliche Gerichte besorgen, oft von weit her. Neun Monate wird der Mann so gemartert und geschoren und die Frau tut sonst nichts weiter als piepsen und sich bedauern.

Die Entbindung ist geschehen, und der Mann muss nun auf Befehl seiner Frau die ganze Gevatterschaft zusammenbitten und muss sich um Amme und Wärterin bekümmern. Zwanzig Wallfahrten hat die Frau, als sie in den Wehen lag, zu tun versprochen und der Mann hat alle heiligen Gelöbnisse gemacht. Die Gevatterinnen kommen von allen Seiten herbei, und der Mann muss ihnen zu essen und trinken schaffen und kommt ihm sein Haus vor wie ein öffentliches Wirtshaus, in dem jeder freigehalten wird. Die Gevatterinnen sitzen den ganzen Tag bei der Wöchnerin und ist des Tratschens und Erzählens kein Ende. Regnet es draußen oder hagelt es, während der Mann unterwegs ist, sagt eine: »Bei Gott, mein armer Gevatter wird was ausstehen in dem Wetter!« Sagt darauf die Frau, das sei weiter nicht schlimm. Und fällt etwas vor, was der Wöchnerin nicht recht ist, sagt gleich eine von ihren guten Freundinnen: »Wahrhaftig, meine Liebe, ich bin ganz erstaunt, und wir alle hier sind es, dass sich Ihr Mann so wenig aus Ihnen und dem Kinde macht. Wie wird das erst gehen, wenn es das fünfte oder sechste ist! Er kann Sie unmöglich recht lieben und beweist Ihnen wenig Ehrung dafür, dass Sie ihm einen Stammhalter geboren haben.« – »Gott soll mich strafen,« sagt eine andere, »wenn mein Mann mich so behandelte, ich würde ihm die Augen auskratzen.« – »Meine Frau Gevatterin«, meint eine dritte, »versteht eben noch nicht die Kunst, ihn unter dem Pantoffel zu halten, und wenn Sie's nicht bald lernen, geht's Ihnen bei der nächsten Kindstaufe übers Jahr gerade so oder noch schlimmer.« – »Ich verstehe nicht«, kommt nun eine vierte, »Sie sind doch eine kluge Frau und von besserer Abkunft als Ihr Mann, ich versteh nicht, dass Sie so was dulden. Er beleidigt damit ja uns alle.« – »Sie haben vollkommen recht,« sagt nun die Wöchnerin, »ich weiß nicht, wie ich es machen soll, und wie ich ihn zurechtkriegen soll, ein so böser und eigensinniger Mensch, wie er ist.« – »Ja, schlecht ist er, da haben Sie ganz recht,« erzählt eine, »aber lassen Sie sich erzählen: Sie erinnern sich doch alle noch ganz gut, dass es, wie ich meinen

Mann bekam, hieß, er sei schlimm und eigensinnig und dass er mich totschlagen würde. Aber ich hab mir ihn schön gezähmt, Gott Lob und Dank; jetzt bräche er sich lieber den Arm, als dass er mir in irgendwas widerspräche, und was wollte er sich im Anfang nicht alles herausnehmen und kommandieren und befehlen! Er hat mich nur einmal geschlagen und das war auch das letzte Mal und jetzt hab ich immer recht, ob ich nun recht habe oder nicht. Der Spieler muss sein Spiel verstehen, meine Teure, und das kann ich Ihnen sagen: Der Mann mag so wild sein, wie er mag, die Frau versteht ihn zu bändigen, wenn anders sie eine Frau ist. Und der Ihre wäre wohl imstand, Ihnen die Augen auszukratzen.« – »Sehen Sie nur darauf,« mahnt eine andere, »dass Sie ihn gleich richtig empfangen, wenn er heimkommt.« So also bedenken die Weiber den armen Mann, während sie saufen bis sie voll sind und sich mit einem »Auf Wiedersehen morgen« verabschieden.

Der Mann kommt zufällig spät nachts heim; er hat weit herumlaufen müssen, um alle Aufträge seiner Frau richtig zu besorgen. Er kommt also in Ängsten um das Befinden seiner Wöchnerin nach Haus; die Dienerschaft, die von der Frau schon gehörig instruiert worden, ist noch auf – anders wäre sie schon lang zu Bett. Er frägt, wie es der Frau geht und gleich redet die Kammerjungfer, dass es der Gnädigen sehr schlecht ging und dass sie nichts gegessen hat, seit der Herr fort ist und dass es gegen Abend etwas besser geworden sei. Das alles ist natürlich gelogen, aber der arme Mann glaubt es und betrübt sich. Er ist müde und wundgeritten und kotbesudelt, denn sein Gaul ist auf einem schlechten Wege gestürzt. Er hat den ganzen Tag über kaum was gegessen. Die Dienstboten verstehen ihre Rolle zu spielen, stehen da mit einem Unglücksgesicht und wollen ihn nicht in das Gemach seiner Frau lassen. Und wie er bei ihr ist, beugt er sich sorgenvoll über das Bett und fragt: »Was machst Du, Kind liebest?« – »Ach, Mann, ich bin so krank!« – »Wo denn, Liebe, wo hast Du denn Schmerzen?« – »Du weißt ja, wie schwach ich schon lange bin und nichts essen kann.« – »Wie war's mit einer Kapaunenbouillon?« – »Man hat mir eine gebracht, aber sie können sie nicht machen, nur Du kannst's.« – »Gleich, Liebste, mach ich Dir eine, ich ganz allein, niemand soll mir auch nur was helfen, und die isst Du dann, ja?« – »Ach ja, lieber Mann.«

Der gute Mann geht also und macht den Koch; er schimpft seine Leute, dass sie dumme Viecher seien und nichts könnten, nicht einmal eine Suppe machen. Sagt die Alte, welche die Frau pflegt und in ihrer Kunst ein Doktor ist: »Ihre Frau Tante hat heut den ganzen Tag nichts sonst getan, als die Gnädige zum Essen zu bereden, aber sie hat nichts nicht angerührt. Ich weiß wahrhaftig nicht, was ihr fehlt; ich hab doch schon viele und viele gepflegt, aber die Gnädige ist die allerschwächste Gnädige, die ich jemals gehabt habe.« Der Mann ist unterdes fertig und bringt seiner Vielliebsten sein Kochkunststück, bittet sie, dass sie davon was esse, und sie sagt, dass die Suppe vorzüglich wäre und die andere Spülwasser gewesen sei und nimmt einen Löffel davon – »ihm zuliebe«. Der Mann befiehlt, dass man in seinem Zimmer heize und er geht essen. Man bringt ihm etwas kaltes Fleisch, das die Damengesellschaft und die

Dienstboten übrig gelassen haben; und er geht bald todmüd zu Bett.

Ganz früh morgens schon geht er in das Schlafgemach seiner Frau und erkundigt sich nach ihrem Befinden. Gegen Morgen habe sie etwas geschlafen, aber die ganze Nacht kein Auge zugetan. Sie hat die ganze Nacht natürlich sehr gut geschlafen. Sagt der Mann: »Liebe, heut werden wohl wieder Deine Freundinnen kommen und wir müssen sie bewirten. Aber denkst Du nicht daran, aufzustehen? Es sind nun vierzehn Tage seit Deiner Niederkunft, und das macht große Ausgaben.« – Schreit die Frau: »Was! Wollt ich doch lieber, ich hätte abortiert, ich armes, unglückliches Weib, das ich bin! Gestern waren fünfzehn Freundinnen bei mir und taten Dir die Ehre, mich zu besuchen und behandeln mich mit größter Höflichkeit, wenn ich sie besuche; und diese meine Gäste bekamen einen Braten vorgesetzt, den sie bei sich zu Haus kaum ihren Mägden geben; ich weiß das, ich hab es selbst gesehen. Sie hielten sich untereinander auch sehr darüber auf, und ganz mit Recht, und ich hab es wohl gesehen, ohne dass sie es zu merken schienen. Wie werden sie behandelt und gepflegt, wenn sie in meiner Lage sind! Und ich, kaum dass ich entbunden bin, soll ich schon heraus und kann mich kaum auf den Füßen halten! Und soll im Haus herumwirtschaften und mich umbringen – warum hab ich das verdient!« – »Kind liebes, Du hast unrecht.« – »Nein,« redet die Frau, »Du willst meinen Tod, gut, Du sollst ihn haben. Meine Cousine fragte mich gestern, ob ich kein Morgenkleid hätte wenn ich aufstände, aber es ist ja ohnedies warm und morgen steh ich also auf, geht's wie's geht. Ich seh wohl, dass wir nichts haben, unsere Gäste zu bewirten. Mein Gott, was werd ich erst erdulden müssen, wenn wir zehn und zwölf Kinder haben – aber davor soll mich Gott hüten und mich überhaupt von der Welt nehmen, so hast Du keinen Ärger mit mir und ich brauch mich nicht vor den Leuten zu schämen.« – »Du regst Dich auf ohne Grund,« sagt der Mann. – »Ohne Grund! Wahrhaftig ohne Grund, und dabei ist keine Frau auf Gottes Erdboden, die so viel ausgestanden und so viel auszustehen hat wie ich.« – »Also, Liebe,« gibt der Mann nach, »Du kannst aufstehen, wann es Dir passt. Und wie ist das mit dem Morgenkleid?« – »Ich verlange ja nichts und will nichts,« sagt die Frau, »ich habe Kleider genug und mach mir nichts mehr aus hübschen Sachen: Ich bin eine alte Frau, jetzt, wo ich ein Kind habe, und Du lässt es mich ja auch fühlen. Ich sehe schon die Zeit, wo ich vom Kinderkriegen und Wirtschaftbesorgen verbraucht sein werde. Ach, die Zeiten, wo ich noch ledig war und der und jener mich zur Frau wollte! Und Du dann kamst und ich mich in Dich so vernarrte, dass ich den Kronprinzen von Frankreich ausgeschlagen hätte! Und jetzt? Jetzt schau ich aus wie meine Mutter. Ach, wenn ich noch Mädchen wäre!« – Sagt der Mann: »Wozu soll nun all das Gerede, mein Engel. Wir müssen uns darüber klar werden, wo Geld herbekommen. Du kennst doch unsere Verhältnisse, Liebe. Wir müssen sparsamer leben. In acht Tagen hab ich eine Schuld zu zahlen und weiß noch nicht, woher das Geld dafür nehmen.« – »Aber,« sagt die Frau, »ich verlange auch gar nichts von Dir. Gar nichts verlange ich. Aber ich bitt Dich, lass mich jetzt, ich habe Kopfschmerzen, wovon Du natürlich nichts spürst.

Ich meine, Du lässt meinen Bekanntinnen sagen, sie mögen heute nicht kommen, mir sei wirklich nicht wohl.« – »Ach, Liebste,« meint der Mann, »sie sollen doch nur kommen.« – »Meinetwegen mach, was Du willst,« sagt die Frau. Währenddem kommt die Pflegerin und sagt zum Mann: »Regen Sie die Gnädige nicht mit Reden auf, sie ist so schwach, dass es üble Folgen haben kann«, und zieht den Bettvorhang zu. Die Frau will schon, dass ihr Mann geht, denn sie erwartet ihre Freundinnen, deren gute Lehre schon ein Teil gewirkt hat und noch besser wirken wird. Der Mann ist ja bald so geduldig wie ein Schaf auf der Weide. Er sieht nach der Wirtschaft, dass die Gäste seiner Frau auch ordentlich was zu essen und zu trinken fänden und keine Ursache mehr wäre, dass sich seine Frau über Mangel noch einmal beklagen müsse. Da kommen auch schon die Freundinnen, eine nach der andern, und er empfängt sie freundlich an der Tür und führt sie ins Gemach seiner Frau: »Hier kommen schon Deine Freundinnen, Liebste.« – »Ach, bei der Jungfrau,« seufzt die Frau, »es wäre mir lieber, sie wären daheimgeblieben, aber da sie einmal da sind, kann ich es ihnen nicht sagen, wie mich ihr Besuch freut.«

Dann treten sie also ein, die guten Frauen, frühstücken und essen Mittag und essen Abend, sitzen am Bett der Wöchnerin und trinken wohl ein Stückfass leer. Der Mann schaut nur so, wo all sein Wein hingeht. Und sie reden der Frau von Kleidern, von Ringen und neuen modischen Schuhen.

So geht's eine Weile, bis der Tag kommt, dass der Mann rechnet, was ihm noch an Vermögen bleibt, und es ist gerade noch so viel, dass es zum knappen Leben reicht. Die Frau muss sich mit einem Kleid im Jahr begnügen und damit wohl auch noch länger auskommen, mit zwei Paar Schuhen, ein Paar für die gewöhnlichen, das andere für die Festtage. So ist er in das Netz gekommen, in das es ihn zu kommen einmal so sehr verlangt hat, und bringt sein Leben in Sorgen und Qualen hin, die er für Freuden hielt. Und so wird er seine Tage im Elend enden.

Die vierte Freude der Ehe ist aber diese:

Einer ist verheiratet und lebt nun so neun, zehn Jahre in der Ehe, hat fünf und mehr Kinder und war geplagt tagaus, tagein von Unglück aller Art, Verdruss und Ungemach. Seine jugendliche Wärme ist schon arg kalt geworden; er ist matt und müd, verbraucht von Arbeit und Sorge und unlustig zu allem, was auch seine Frau ihm sagen mag; denn er ist harthäutig geworden wie ein alter Esel, den kein Stachel mehr vermögen kann, schneller zu gehen, als es ihm beliebt.

Der arme Mann hat eine Tochter oder zwei und mehr, die mannbar sind; dass sie heiter und lustig sind, mag nicht genug sein, um einen Mann zu fangen; sie brauchen Kleider und Schuhe und Hemden und Strümpfe und allerlei Zeug zum Putzen und Zieren. Und brauchen dies aus drei Gründen: Einmal, weil sie da mehr umworben werden; dann, weil sie nur lustig und guter Dinge sind, wenn sie hübsch aussehen und schließlich, weil sie anders gar leicht das Mittel finden, wodurch sich all die hübschen Sachen zu verschaffen – ich brauch das Mittel nicht zu nennen. Für all das muss nun der arme Mann und Vater sorgen, mag er selbst einherkommen wie ein Bettler. Seine neuesten Stiefel sind ein paar Jahre alt und außer aller Form und Mode. Seine Sporen sind aus der Zeit Chlotars und der eine hat schon lange kein Rad mehr. Und so ist sein Staatsrock und sein Hut aus Zeiten, die nicht mehr sind. Sein Diener trägt ein Schwert, das der Herr als Jüngling in der Schlacht von Rosebergen erbeutete oder sonst irgendwo, und seinem Rock merkt man es an, dass ihn der Schneider ihm nicht auf den Leib gemessen hat, denn die Achselnähte hat der Bursche auf der Brust. Kurz, der Mann tut, was er kann, um zu sparen, damit in seiner Wirtschaft nicht gespart zu werden braucht. Spät kommt er von seinen Geschäften, die ihn mit Advokaten und Gerichtspersonen mehr als oft zusammenbringen, heim; alles ist schon zu Bett und er findet noch ein paar Reste von einem Essen, womit er in geduldiger Gewöhnung zufrieden ist. Ich für mein Teil bitte Gott, er möge Leiden und Kummer nur denen schicken, die es zu ertragen wissen, und möge es nur für jene kalt werden lassen, die gut mit Kleidern versehen sind. Kommt der gute Mann einmal früher nach Haus, das Herz voll Sorgen, den Kopf voll Geschäften, dann stürmt und spektakelt die Frau sicher durch das Haus. Er mag was befehlen, die Dienstleute folgen ihm nicht, denn sie sind von der Herrin wohlinstruiert, dass sie nur das zu tun hätten, was sie befehle. Geschiehts anders, kommen sie aus dem Dienst, und der Mann muss es büßen. Wenn der nun klug ist, so macht er keinen Lärm und trägt mit Geduld, und setzt sich weit vom Feuer, auch wenn er noch so friert. Ist er hungrig und tut die Frau als ob sie nichts im Hause hätte, da fällt es ihm wohl ein zu sagen: »Ich bin müd und hungrig und nass bis aufs Hemd und Dir fällt nicht ein, mir was zum Essen zum bringen.« Antwortet gleich die Frau: »Was wirst Du heut wohl gar Großes geschafft haben! Ich hab wahrhaftig mehr an meinem Leinen und Garn verloren, weil keiner zur Hilfe da war – denn den Knecht hast Du ja mit Dir genommen – mehr hab ich verloren, als Du in vier Jahren verdienen kannst. Und hundertmal hab ich Dir wohl gesagt, Du sollst in Teufels Namen den Hühnerstall zumachen, nein, Du lässt ihn offen, und der Marder hat mir drei von meinen besten Leghennen erwürgt. Wenn Du es noch lang weitermachst, bist Du der Ärmste in Deiner ganzen Freundschaft.« – Sagt der Mann: »Ach, Schönste, was redest Du da! Wir haben was wir brauchen, und meine Freunde, was hast Du gegen sie?« – »Freunde sagst Du? Ich seh wahrhaftig keine. Und was nützen sie Dir denn?« – »Was sie mir nützen? Aber was nützen mir denn Deine Freundinnen?« – »Du sprichst von Dingen, die Du nicht verstehst.« Darauf schweigt der Mann, denn wer bürgt ihm, dass sein Weib nicht seinen Freunden sagt, er spreche schlecht von ihnen?

Eines von den Kindern, der Liebling des Vaters, fängt zu weinen an. Die Mutter holt eine Rute und haut es, nur um dem Mann wehzutun. »Schlag das Kind nicht!«, ruft der. – »Was geht Dich die Erziehung meiner Kinder an? Was verstehst Du davon? Ich bin Tag und Nacht bei ihnen und weiß am besten, wie sie es verdienen.« – »Du hast unrecht, Liebe.« – Nun spricht die Amme: »Gnädiger Herr, Sie wissen gar nicht, was die gnädige Frau für eine Not mit den Kindern hat.« – Und die Zimmermagd: »Merkwürdig, sowie der gnädige Herr nach Haus

kommen, ist die Ruhe weg und der Lärm geht los.« –
»Ich mache doch keinen Lärm,« sagt der Mann nur noch,
denn er sieht wohl, dass er unrecht hat, wie er es auch
und was er auch in seinem Hause tue. Er redet kein
Wort mehr und geht schlafen. Die Nacht durch hört er
die Kinder schreien. Die Frau und die Amme lassen sie
schreien, um ihm den Schlaf zu stören. So geht die Nacht
hin, und er mag es für eine Freude halten, da er es nicht
anders haben will. Und wird so weiter leben und elend
sterben.

Die fünfte Freude der Ehe ist aber diese:

Der Mann ist über die ersten Jahre der Ehe mit Müh'
und Sorg' hinaus und hat das Feuer der Jugend verloren.
Seine Frau ist entweder älter oder viel jünger als er, welches beide zwei sehr wichtige Umstände sind. Denn wer
sich einmal der Ehe verbunden hat, muss viel erleiden,
weil eine solche Verbindung gegen alle Natur und Vernunft ist. Manche Paare haben Kinder, manche haben
keine. Immer aber wird der Mann der Sklave seiner Frau
sein und betrügt sich sehr, wenn er glaubte, er habe in
der Ehe nichts als Freude und Lust zu erwarten. Und ist
die Frau alt, so muss sich der jüngere Mann sehr mit
dem Altwerden beeilen, denn die Frau will auch alt für
jung und hübsch gelten und verlangt alle Aufmerksamkeit dafür. Kommen sie miteinander, was nicht selten ist,
in Streit, so wird ihm die Frau gleich sagen, dass ihre
Verwandten sie ihm nicht darum gegeben hätten, dass
er sie mit Füßen trete und dass sie nur einen Brief an ihre Brüder zu schreiben brauche, die sie darauf sofort
wegholen kämen. Schon möglich, dass die Eltern der

Frau sie einem Vornehmeren und Reicheren bestimmt hatten, aber da passierte ihr in der hitzigsten Jugend ein kleines Malheur, von dem der gute Mann, der die Frau dann bekam, allerdings nichts weiß. Und hört er davon, so schwört er bei allen Heiligen, dass es Verleumdungen seien, die man da über das Mädchen, seine jetzige Frau aussprenge und an denen kein wahres Wort sei; nichts weiter sei es als solches Gerede von Windbeuteln und Gecken.

Missvergnügt sieht die Frau ihren Mann an, der aller Freude und allem Vergnügen entsagt hat und um nichts sonst sich kümmert, als um den Erwerb und umso geiziger ist, je schwerer der ihm wird. Das gefällt der Frau aber gar nicht, denn sie möchte alle Moden mitmachen, in Gesellschaft gehen und Gesellschaft bei sich empfangen, Bälle und Feste besuchen – Dinge, woran der Mann kein Vergnügen mehr findet.

Und je mehr Vergnügen sie in der Gesellschaft findet, je mehr man ihr da schöne Dinge sagt, die Frauenzimmer gern hören, umso unerträglicher wird ihr der gute Gatte, und nun kommt es, dass sie sich nach ihrem Gefallen einen Freund wählt. Ist es einmal so weit, so ist sie mit der Liebe zu ihrem Manne fertig. Alles, was sie an ihm nicht leiden konnte, wird ihr nun unerträglich, da sie ihren jungen frischen Anbeter hat, bei dem sie sich ihrer eigenen Jugend erfreuen kann. Und immer kommt schnell die Zeit, dass sie ihren Liebhaber zu heimlicher Stunde bestellen muss, denn ihn mit andern und öffentlich zu sehen, ist ihr nicht mehr genug.

Wenn der Abend kommt und der gute Mann zu Bett ist und sich mit seiner Frau ergötzen will, da weiß sie manch einen Vorwand, wie dass sie nicht wohl sei, seiner Umarmung zu entgehen und der kleinsten Berührung, denn sie denkt schon an ihren Freund, der morgen zur bestimmten Stunde kommen wird und dessen Umarmung ihr mehr zusagt als die ihres Mannes, und der junge Freund kommt morgen ausgehungert und ganz in Flammen zu ihr, denn er hat tagelang vergebens in Straßen und auf Plätzen auf sie gewartet. Und kommt er dann, so verrichtet er Wunderdinge, denn sein Appetit ist groß und die Zeit ist kurz. Aber sie blieben doch noch länger beisammen und taten einander, was man nur erdenken kann. Vielerlei angenehme Dinge tat sie ihrem Geliebten, und zeigte ihm Heimlichkeiten der Liebe und allerlei Künste, die sie ihrem Manne zu zeigen nie gewagt hätte. Und so auch gab ihr der Freund zurück, was kein Ehegatte geben und tun kann. Und wenn er auch alle diese Heimlichkeiten der Liebe vor seiner Ehe wohl gekannt hatte, so waren sie ihm aus dem Gebrauch und Gedächtnis gekommen, wie er müder wurde, und war nicht darauf aus gewesen, seine Frau in diesen Dingen zu unterrichten. Kurz: Der Geliebte macht der Frau immer mehr Vergnügen als der Gatte. Und hat sie sich mit ihrem Freunde also vergnügt, so findet sie in der Umarmung ihres Mannes so wenig Lust wie ein Weinkundiger nach einem guten tüchtigen Wein an einem verfälschten sauren seine Freude hat. Nur wer arg durstig ist, trinkt solchen schlechten Wein und hält ihn für gut, solange er ihm durch die trockene Kehle läuft, aber dann will er nichts mehr von dem Zeug, das ihm in den Gedärmen schneidet. Wohl verlangt die Frau, die einen Geliebten hat, manchmal ihren Mann, wenn gerade die

Lust sehr groß ist oder eine Laune sie ankommt; aber ist sie von ihrem Liebhaber gesättigt, will sie ihren Mann nicht, der nach ihr tastet, und sagt ihm wohl: »Lass mich schlafen und wart auf morgen.« – »Ich kann nicht«, sagt der Mann, »dreh Dich doch zu mir.« – Sagt die Frau: »Du tätest mir wirklich einen großen Gefallen, wenn Du mich bis morgen in Ruhe ließest«, und wendet ihm heftig den Rücken. Da wagt der Mann kein Wort mehr und wartet auf den Morgen. Die Frau denkt an ihren Freund, den sie morgen treffen soll und weiß schon jetzt, dass ihr Mann sie auch am Morgen nicht haben soll. Sie steht früh auf, als ob sie sich um die Wirtschaft kümmern würde, und der Mann schläft noch, und sie vergnügt sich mit ihrem Geliebten, bevor der gute Mensch aufwacht. Dann macht sie sich an die Wirtschaft. Und wenn sie nicht vor ihrem Mann aufsteht, so klagt sie am Morgen über dies und das, dass der Mann fragt: »Was fehlt Dir, Liebe?« – »Seitenstechen hab ich und der Bauch tut mir weh, ich glaube, ich bekomme eine schwere Krankheit.« – »Kehr Dich doch zu mir herüber,« bittet der Mann. – »Ach, mir ist so schrecklich heiß, ich halt's nicht langer aus im Bett,« und der Mann findet sie wirklich ganz heiß am Leibe und sagt nun: »Wahrhaftig, es ist ein Fieber.« Aber es ist ein ganz anderes Fieber, denn es hatte ihr geträumt, sie läge mit ihrem Schatz beisammen, und das hat sie so in Schweiß gebracht. Der Mann deckt sie gut zu, dass sie kein Zugwind treffe und sagt: »Bleib nur liegen, ich will schon alles besorgen.« Steht also auf, kümmert sich, lässt Feuer machen, während die Frau ruhig weiterschläft, mit einem heimlichen Lachen über den Esel von Mann.

Ein anderes Mal ist es wieder, dass der Mann nach seiner Frau verlangt; immer hat sie sich ihm verweigert und immer ein Mittel gefunden. Denn sie will nicht, er mag sie noch so drücken und küssen. Einmal sagt sie: »Wollte Gott, dass Du es nie tust und nie getan hättest von der ersten Stunde an.« – »Und weshalb denn?« – »Ich glaube wahrhaftig, es ginge mir wieder besser, wenn Du es nie mehr tust; und hätt ichs gewusst, bevor ich mich verheiratet habe, ich hätte es nie getan.« – »Weshalb hast Du Dich dann verheiratet, großer Gott!« sagt der Mann. – »Das weiß ich selbst nicht. Ich war ein Kind und tat, was meine Eltern von mir verlangten.« (Und ist doch vorher schon durch alle Schulen gelaufen.) – »Das versteh ich nicht,« spricht der Mann. – »Es ist aber doch so: wenn Du nicht Dein Vergnügen daran hättest, ich machte mir gar nichts daraus.« Und der Mann überzeugt sich bald, dass es sich so verhält und dass seine Frau kühl ist; und glaubt es noch leichter, da sie zufällig bleich ist und zart und klein. Er küsst sie und umarmt sie und treibt sein Spiel mit ihr, die währenddem an einen ganz andern denkt und den Mann tun lasst was er will, ohne sich selber zu rühren, und träge bleibt wie ein Stein. Und der arme Mann arbeitet sich ganz ab dabei, denn er ist plump und unbeholfen und weiß nichts von den Künsten der Liebe. Die Frau wendet ihr Gesicht etwas auf die Seite; sie spürt keine Lust kommen wie bei ihrem Geliebten und langweilt sich. »Lass sein«, sagte sie, »Du tust mir weh, lass.« Und der Mann bleibt so ruhig, als er nur kann, um ihr nicht wehzutun. Vergnügen macht ihm das wohl nicht, und er fürchtet, das nächste

Mal würde es ihm nicht besser gehen, denn er ist überzeugt, seine Frau empfände nichts bei dem Spiele.

Braucht die kühle Frau aber ein neues Kleid oder sonst etwas von ihrem Mann, so weiß sie es ganz geschickt anzustellen und den Augenblick dafür gut zu treffen. Wenn sie zusammen im Bette liegen und die Frau sieht, dass dem Manne die Lust nach der Sache steht, so versteht sie es ganz vortrefflich, ihm schön zu tun auf wundervolle Arten. Denn wenn ein Weib etwas will, da übt sie alle Mittel wie eine Meisterin. Der gute Mann lässt es sich wohl sein und sagt: »Ich merke schon, Liebe, dass Du von mir was willst.« – »Bei Gott, ich will nichts sonst von Dir, als dass Du mir gut bist und wünschte zu Gott, er gäbe mir nie ein anderes Paradies als das in Deinen Armen, und er soll mich strafen, wenn mich je gelüstet hat, einen andern Mund zu küssen als den Deinen, denn kein Mann auf der Welt ist so voll Liebe und so süß wie Du.« – »Wirklich?« fragt der Mann, »auch jener Stallmeister, der Dich doch heiraten wollte?« – »Pfui! Wie kannst du so reden! Ich sah Dich zum ersten Mal und von Weitem und da stand es schon fest in mir: Dich und keinen andern, und wäre der andere der Dauphin von Frankreich. Gott muss es wohl so gewollt haben, denn meine Eltern wollten, dass ich den Stallmeister heirate, aber ich wollte nicht. Ich weiß nicht, was es ist, aber ich glaube, Du bist mir bestimmt gewesen.« Darauf hat der Mann nun sein Vergnügen und die Frau gibt es ihm mit großer Geschicklichkeit des Leibes. Nachher beginnt sie: »Lieber, weißt Du, was ich gern möchte? Aber du darfst mirs nicht abschlagen.« – »Warum sollte ich? Wenn es in meinem Vermögen steht, tu ich, was Du willst.« – Und nun spricht sie von einem Kleid in Grau oder Grün, das die und die trage, und wie sie wohl auch gern eines hätte, nicht zum Putz, als dass man vielmehr sehe, wie sie von ihrem Manne geliebt sei. Der Mann hat keine leichte Hand und meint, es seien wohl Kleider genug. – »Wohl genug, und wenn es auf mich ankäme, ginge ich gern in grober Leinwand; aber es ist Deinetwegen, dass ich mich darin schämte vor den andern.« – »Lass doch die andern reden; was kümmert es uns!« – »Du hast ganz recht, aber es sieht aus, als hieltest Du mich wie Deine Magd. Meine Schwester, die hässlich ist, hat einen großen Staat, und ich bin noch dazu die ältere.« – Der gute Mann gibt also, was die Frau verlangt, und zu seinem Schaden, denn sie will das neue Kleid auch zeigen und ist so überall, nur nicht zu Hause. Und dem Mann geht es eine Weile gut.

Und bekommt sie ihren Willen nicht, so hat sie schon heimlich einen, der ihr ihn tut. Und ist dieser Liebhaber arm und kann ihr nichts schenken, so lässt sie ihn wohl laufen und schafft sich einen andern an – wollte ihr einer nicht unlängst einen Diamantring schenken? Sie hat da noch Umstände gemacht, ihn anzunehmen, und sich geziert, aber sie hat ihm doch einen vielbedeutenden Blick zugeworfen, der dem Galan das Recht gibt, mit dem Kammermädchen seiner Herrin zu sprechen, das er beim Brunnen oder sonst wo zu sehen bekommt. – »Jeannette, auf ein Wort.« – »Sie befehlen?« – »Du weißt, dass ich Deine Frau liebe, sag mir, was sie über mich spricht.« – »Immer nur Gutes, wahrhaftig, ich weiß, dass sie Sie gut leiden mag.« – »Sprich für mich und es soll Dein Schaden nicht sein.« – »Ich nehme nichts von

Ihnen.« – »Wird sich schon finden, und: Bring mir morgen gute Nachricht.«

Das Mädchen kommt nach Haus und spricht zu seiner Herrin: »Ich habe einen Herrn getroffen, der war nicht übel.« – »Wer war's denn?« – »Ihr kennt ihn schon, es war ...« – »So, der! Und was sagte er denn?« – »Man sieht ihm an, dass er in der besten Gesellschaft verkehrt, und auch seine Liebe sieht man ihm an, er ist so schön blass.« – »Ja, er ist wirklich ein schöner Mensch.« – »Da haben Sie recht, gnädige Frau, er ist der schönste und liebenswürdigste Mann, den ich je gesehen habe. Und diskret ist er und reich – ich glaube der spart nicht mit Geschenken.« – »Wenn ich das von meinem Mann sagen könnte! Er wird von Tag zu Tag geiziger.« – »Sie sollten sich das nicht gefallen lassen, Gnädige.« – »Ach ja, wenn ich ihn nicht so liebte!« – »Man soll sein Herz nicht so an einen Mann hängen, die Mannsleute sind da anders: So wie sie uns haben, kümmern sie sich auch schon nicht mehr um uns. Und der gnädige Herr ist auch wirklich zu sparsam und tut nichts für das, was die gnädige Frau brauchen. Und da wäre just so eine schöne Gelegenheit, denn eben dieser reiche junge Mann hat mir so angedeutet, dass gnädige Frau von ihm haben könnten, was Sie nur wollten. Das Kleid da brauchten Sie dann wahrhaftig nicht länger zu tragen.« – »Jeannette, ich weiß nicht wie ...« – »Ganz einfach: Ich hab ihm versprochen, heut Abend oder morgen früh Bescheid zu bringen.« – »Aber wie fangen wir's nur an, Jeannette?« – »Dafür lassen Sie mich sorgen, gnädige Frau. Ich weiß schon, wo ich ihn morgen treffe. Und da sage ich ihm, dass Sie sich auf nichts einlassen wollten, denn Sie seien eine anständige

Frau. Und dann sag ich ihm wieder was, woraus er sich Hoffnung machen kann, verlassen Sie sich ganz auf mich.«

Also trifft die Jeannette den Galan, der schon seit drei Stunden wartet – so lang hat ihn das Mädel warten lassen; denn wenn die Liebe nicht teuer ist, kauft sie keiner. »Was neues, Jeannette?« – »Ach, sie ist schrecklich aufgeregt.« – »Worüber denn?« – »Über ihren Mann. Bei dem hat sie wahrhaftig keine gute Zeit.« – »Der Teufel soll ihn holen!« – »Wenn's nur wahr würde! Es ist schon nicht länger auszuhalten.« – »Und sag, was hat deine Frau gesagt?« – »Gesagt hat sie schon was. Aber das was Sie wollen, hat sie rundweg abgeschlagen, denn sie will eine anständige Frau bleiben. Und ihr Mann ist schrecklich eifersüchtig. Und wenn sie auch wollte, so sind da ihre Brüder, die sehr auf sie aufpassen. Vier Jahre bin ich nun da in Dienst, und in der ganzen Zeit hat meine Gnädige mit keiner Mannsperson gesprochen als letzthin mit Ihnen. Ich spreche ja oft mit ihr von Ihnen, und ich glaube schon, dass sie es gern hört und dass sie schon in Sie verliebt ist, wenn überhaupt in wen.« – »Ich bitte Dich, Jeannette, tu Dein Bestes für mich.« – »Hab ich doch! Und nur weil ich Sie wirklich gern mag; ich kümmer mich sonst wirklich nicht um solche Sachen.« – »Aber sag, liebes Kind, was soll ich tun? Gib mir einen Rat.« – »Das Beste ist, Sie sprechen selbst mit ihr. Und jetzt ist gerade der beste Augenblick, denn sie ist bös auf ihren Mann. Grüßen Sie sie morgen in der Kirche und sagen Sie ihr ganz einfach, was Sie wollen und machen Sie ihr ein Präsent, wenn ich auch schon weiß, dass sie es nicht annehmen wird. Aber sie wird doch dadurch von

Ihnen einen angenehmen Eindruck bekommen.« – »Sie
wird schon annehmen was ich ihr schenke.« – »Sie wird
nicht, sage ich Ihnen. Es gibt keine anständigere Frau als
sie. Aber ich werde ihr nachher sagen, dass sie es annehmen soll, um Sie nicht zu kränken. Aber ich kann
nichts versprechen.« – »Tu wie Du glaubst, Jeannette.«
Und Jeannette erstattet Bericht, und die Dame geht in
die Kirche, wo der Liebhaber bereits seit drei Stunden
seine Andacht verrichtet, das weiß Gott. Er steht beim
Weihbrunnkessel, wo sonst nur die Damen ihren Platz
haben, und reicht der Dame und den andern, die mit ihr
kommen, das Wasser; er möchte ihr wohl gern mehr reichen, wenn sie wollte. Er bemerkt, dass sie sich allein in
eine Bank setzt und betet, das süße Engelsbild. Er
kommt ganz dicht an sie heran und spricht leise zu ihr.
Aber sie geht auf nichts ein und bleibt bei dem Wort,
dass sie ihn gern leiden möge und sich vor Schande hüten wolle. Sie trennen sich, und zu Hause wird neuer Rat
mit Jeannette gehalten, die spricht: »Jetzt wird er mit mir
sprechen wollen, gnädige Frau, aber ich will ihm kurz
und bündig sagen, dass Sie nichts mit ihm zu tun haben
wollen, was mir sehr leidtäte, weil ich ihm gut sei. Und
dann will ich so ganz von mir aus sagen, dass der gnädige Herr heute ausgegangen sei und erst spät abends
wieder zurückkäme, und dass ich ihn gern ins Haus und
in Ihr Zimmer lassen wollte. Wenn er dann kommt,
müssen Sie sehr erstaunt und entrüstet darüber sein.
Und müssen ihn lange bitten und stehen lassen, und um
Hilfe schreien wollen und recht auf mich schimpfen.
Und dann –.« Die Frau findet den Plan ganz vortrefflich,
und Jeannette trifft zufällig den Galan, der sich sofort

nach ihrer Herrin erkundigt. »Ach Gott!«, sagt Jeannette, »was hab ich nicht alles reden und anstellen müssen, um sie zu beruhigen, denn sie war schrecklich aufgeregt. Und jetzt, wo ich mich doch nun mal in das alles eingelassen habe, muss ich es doch gut machen, nicht? Ich hab nur immer Angst, der Mann oder Freunde von ihm kommen dahinter. Aber mit Geschenken können Sie viel machen, und gerade jetzt, wo ihr Mann wieder ein so rechter Geizkragen war, da könnten Sie mit einem Kleid oder so wahre Wunder verrichten.« Und schon hat Jeannette für diesen vortrefflichen Rat zwanzig Taler in der Hand und wird deutlicher. »Ich weiß zu genau, dass meine Frau Sie liebt, warum soll ich Ihnen da nicht helfen? Kommen Sie heut Nacht gegen zwölf, ich bring Sie in ihr Schlafgemach. Der Mann ist fort. Sie schläft ganz fest – sie ist ja noch ein Kind – und Sie legen sich zu ihr. Ich sehe keine andere Möglichkeit, es einzurichten, und Sie werden schon zu Ihrem Glück kommen, wenn man so nackt nebeneinander liegt. Der gibt am Tage eine dumme Antwort, der sie in solcher Lage bei Nacht nicht fand.« Die Nacht und der Galan kommen. Er legt sich zu seiner Dame ins Bett, und wie er sie gerade umarmen will, fährt sie auf: »Wer ist da?« – »Ich bin's, Liebste!« – »Beim Sakrament! Daraus wird nichts,« und ruft nach Jeannette, die sich nicht rührt. Eine Weile ringt sie mit ihm, aber schließlich wird die arme Frau matt; sie kann nicht mehr und ihr Atem geht schnell und muss es geschehen lassen. Das arme Weib! Wäre es nicht aus Furcht vor der Schande, sie würde gewiss noch lauter geschrien haben, würde hinausgelaufen sein, aber sie wollte vor der Welt ihre Ehre bewahren. Und so stimmen die beiden ihre Schalmeien auf denselben Ton und spielen vielmals jenes Lied miteinander, das dem Gatten die Hörner wachsen macht. Und die Geschenke lässt sich die kluge Frau von ihrer Mutter machen in Gegenwart ihres Mannes, dass diesem kein Verdacht kommt, und der Mutter sagt sie, das Geld sei von ihrem Ersparten oder verkauften alten Sachen, wovon der Mann nichts zu wissen brauche. Die Mutter weiß natürlich sehr gut, woher alles kommt, aber sie lässt sich nichts merken und hat ihre guten Gründe. Aber einmal merkt der Mann etwas, das ihm nicht gefällt oder ein Freund hat ihm etwas gesagt, was schon alle wissen, nur der Gatte nicht. Nun packt ihn die Eifersucht. Er gibt vor zu verreisen und kommt unerwartet des Nachts zurück, er beobachtet seine Frau, bewacht sie, wird ein Späher in seinem eigenen Hause, und erreicht nichts. Er zankt, er schimpft, er weiß sich hintergangen und betrogen, und kann nichts tun. Er wird mürrisch und einsilbig und schwachen Leibes und lässt den andern verrichten, was er nicht mehr vermag. So lebt er hin und endet seine Tage im Elend.

Die sechste Freude der Ehe ist aber diese:

Ein junger guter Mann tut seiner Frau alles zu Liebe und Freundschaft; und die kluge Frau merkt das bald und will nun, dass er nichts unternehme, bevor er sie nicht um Rat gefragt habe und so wird sie Herrin über sein Tun und Denken.

Das Paar hat die Nacht und den Morgen wohl im Schlafzimmer verbracht, dass sie vormittags gar fröhlich und vergnügt sind; der Mann geht nach seinen Geschäften und verlässt seine Frau munter und wohlgelaunt. Er kommt heim zur Essenszeit und lässt seine Frau zu Tisch bitten. Die aber lässt ihm durch eine Magd oder eines der Kinder sagen, dass sie heute nicht essen würde. Er schickt aufs Neue nach ihr, und die Magd bringt die gleiche Antwort und bringt sie ein drittes Mal. Da geht er denn endlich selbst zu ihr und fragt sie, was ihr fehle. Sie gibt keine Antwort. Den armen Mann beunruhigt das, und er kommt gar nicht darauf, dass alles nur Verstellung ist – sie tut es nämlich bloß zur Übung für ein anderes Mal, damit er sich an solche ihre Launen gewöhne, wenn es einmal ihr Ernst würde, ihm Hörner aufzusetzen. So lässt sie sich bitten und zum – schon kalt gewordenen – Tisch führen wie eine Braut, zwingt sich zu jedem Bissen, und der arme verliebte Mann weiß nicht, was anstellen, um sie wieder gut zu machen und Verzeihung für irgendwas zu bekommen, was er nie getan hat. Und die Frau hat ganz recht: Sie muss den Mann quälen, der sie liebt und damit er sie liebt; und damit glaubt sie ihre Pflichten getan zu haben, dass sie den Mann voll Kummer und Gedanken macht.

Es kommt vor, dass er oft einen Freund oder zwei mit nach Haus bringt, mit denen er oder die mit ihm Geschäfte haben. Er schickt einen Diener voraus und lässt seine Frau bitten, dass sie alles zum Empfang der Freunde bereiten möchte, damit sie es wohl bei ihm hätten, und dass sie auch für eine gute Mahlzeit sorgen möchte. Der Diener geht und richtet die Botschaft aus, auf die er von der Herrin diesen Bescheid bekommt: »Darum kann ich mich wirklich nicht kümmern. Hab ich denn nichts zu tun, als die Gäste meines Mannes zu bewirten, und weshalb ist er denn nicht selbst gekommen?« Und damit lässt sie den Diener stehen und geht in ihr Gemach. Oft schickt sie auch noch absichtlich alles Gesinde fort, hierhin und dorthin; die Kammerfrau hat sie sich schon abgerichtet auf das, was sie zu sagen hat, wenn der Mann nach Haus kommt. Sagt dann etwa: »Die gnädige Frau ist sehr krank, und kein Mensch ist im Haus, der etwas hätte besorgen können.« Der gute Mann ist wütend und führt seine Gäste in den Saal, wo weder geheizt noch sonst etwas zum Empfang gerichtet ist und auch nicht in der Eile besorgt werden kann. Die beiden Herren wussten um den vorausgeschickten Diener und merken nun, dass das Wort des Herrn nichts weniger denn ein Befehl im Hause gilt. Der gute Mann schreit nach seinen Leuten, aber es kommt niemand bis auf einen alten gebrechlichen Kerl und eine uralte Küchenmagd, mit denen nichts anzufangen ist – weshalb sie die Frau auch erst nicht weggeschickt hat. Geht also der Mann nach dem Zimmer seiner Frau und fragt: »Liebe, weshalb hast Du denn nicht getan, was ich Dir sagen ließ?« – Die Frau: »Lieber Mann, Du befiehlst mir so viele Dinge auf einmal, dass ich wirklich nicht weiß, was ich zuerst vornehmen soll.« – Der Mann: »Du hast mir da, bei der Jungfrau, keinen guten Streich gespielt, denn ich bin den Leuten, die ich zu mir gebeten habe, sehr verpflichtet.« – Die Frau: »Was kann ich dafür, dass Du so viele Gäste ins Haus bittest und nicht weißt, was ihnen vorsetzen? Du wirst in Deinem Leben nicht vernünftig werden! Aber tu, wie Du willst, mir ist es gleich.« – »Sag mir nur das eine,« fragt der Mann, »warum hast Du alle meine Leute weggeschickt?« – »Konnte ich denn wissen, dass Du sie brauchst?« Was soll der Mann darauf sagen? Und sagte er etwas, die Frau wüsste schon noch andere und immer neue Antworten darauf. So ärgert er sich und schweigt, und die Frau bekümmert das nicht weiter, denn sie weiß aus vielen Proben, dass er nichts tun wird. Der arme Schelm läuft das ganze Haus ab nach ein paar Dienstleuten und lässt die alles so gut richten, als es sich will tun lassen. Er verlangt Tischtuch und Servietten und bekommt die Antwort, es seien keine da. Er geht selbst zu seiner Frau, stellt ihr die Schande vor und sagt ihr noch, dass es die Freunde sehr übel nehmen würden, wenn sie nicht zu Tisch erschiene; dass sie sich also anziehen möge und herunterkommen. – »Und was soll ich da machen?« fragt die Frau. – »Ich bitte Dich, tu es mir zuliebe und komm.« – »Ich denke nicht dran; das sind so große vornehme Herren, was soll ich armes Weib unter ihnen?« – Und kommt sie dann doch, so ist sie angezogen wie eine Magd und benimmt sich auf eine Weise, dass der Mann es lieber gesehen hätte, sie wäre gar nicht gekommen. Denn die Freunde sahen es natürlich gleich, dass sie nur gezwungen kam. Oder sie kommt nicht, und der Mann will die feinen Tischtücher und Servietten haben: »Was? Feine Tücher? Ich meine, die heraus sind, sind für Deine Herren wohl gut genug. Für meinen Bruder und meinen Vetter lege ich keine andern auf, und die werden doch wohl nicht schlechter sein als Deine Freunde. Überdies ist alles feine Zeug in der Wäsche. Und wenn noch was da sein sollte, ich suche schon seit heute Morgen den Schlüssel zum Wäscheschrank. Lass mich doch endlich, ich hab so viel zu tun, dass ich nicht weiß wie damit fertig werden, und hab Schmerzen, dass ich meine, der Kopf zerspringt mir.« – Der Mann: »Ich werde einfach den Wäschekasten aufschlagen lassen.« – Die Frau: »Das möchte ich sehen! Da möchte ich dabei sein!« Und der Mann setzt sich zu Tisch und zum alten Tischzeug. Er will bessern Wein haben; da ist der Hahn verlegt und man kann so kein neues Fass anstecken, und auch guter holländischer Käse ist nicht da, und muss darum auf gut Glück zum Nachbar schicken. Und der Stallknecht des Herrn erzählt den Dienern der beiden Gäste, dass die Gnädige sich krank stelle, weil sie die fremden Herren nicht ausstehen könne, und erzählt ihnen das, während sie gerade bei Tisch bedienen. Und wie die Gäste nach dem Abendessen sich zu Bett begeben wollen, fehlt es wieder an allem Nötigsten, und müssen sie auf gemeinem Zeug schlafen. Genug haben sie von dem wunderlichen Wesen der strengen Hausfrau erfahren, als sie sich nächsten Morgens empfehlen, und ihre Diener wetzen sich das Maul, dass sie froh waren, aus einem Haus zu kommen, wo sie nicht genug hatten zu essen bekommen und auf der Streu hätten schlafen müssen. So reden sie und ihre Herren denken sich ihr Teil.

Am selben Morgen sagt der Mann zu seiner Frau: »Ich weiß wirklich nicht, Liebe, was ich denken soll. Dein Betragen ist zu wunderlich und wie wird es weiter werden?« – »Bei der Muttergottes!«, ruft die Frau aus, »ich glaube gar, Du willst mir in meine Wirtschaft dreinreden, wo mir doch wahrlich nichts mehr als die am Herzen liegt, und ich mich kümmere und sorge, dass alles da und in Ordnung ist, wo ich nähe und flicke und mich abarbeite auf den Tod. Und Du kommst, rührst keine

Hand und denkst nichts aus als das, was ich erspare, mit fremden Leuten durchzubringen, mit Leuten, die mich gar nichts angehen und mit denen ich auch nichts zu tun haben will.« – »Aber liebes Kind,« sagt der Mann, »das sind doch alles Leute, die mir helfen und nützen!«

Ganz anders ist es, wenn so ein galanter Herr von Adel zu Besuch kommt; da wird nichts gespart. Der Mann sagt stets, dass ihm gar nichts daran liege, diesen Herrn ins Haus zu ziehen und dass er nichts mit ihm zu tun haben wolle. Darauf sagt sie ihm, dass ja er ihn habe einladen lassen, und redet und redet, und es hebt ein Zanken an, und der Mann haut sie und wird so zum Narren. Sagt der Mann: »Um Ruh und Frieden sag ich Dir, dass Du Dich nicht unterstehst, den Menschen noch einmal bei Dir zu haben. Geschieht es noch einmal, so geht es Dir schlecht.« – Die Frau tut darauf: »Mag der Herr Ritter am Galgen hängen, es tät mich freuen. Aber so geht es einmal – die anständige Frau gilt für eine Hure und die Hure passiert für eine anständige Frau. Wär' ich eine schlechte Frau, würd' ich mich zu Tod schämen, aber für Dich eifersüchtigen Menschen bin ich noch viel zu gut.«

Nun ist Streit alle Tage. Aus Bosheit oder Ärger von ihm oder von ihr schlafen sie nun in verschiedenen Zimmern und nicht mehr beieinander, und das ist es, was die Frau haben wollte. Nun macht es keine Schwierigkeit, dass der Herr Ritter, der dem Manne so verdächtig ist, zum Fenster hereinsteigt oder durch die Hintertür eingelassen wird. Und hat sich das gut eingerichtet, so kommt es wieder zur Versöhnung: Der Mann schmeichelt seinem Weib und tut ihr schön – was alle Weiber ja immer haben wollen und ist keine Lüge so groß und so dumm, die sie nicht glauben, sobald sie nur zu ihrem Lobe ist.

So geht die Zeit, bis der Mann einmal sein Weib mit jenem Herrn Ritter trifft, wie sie mit ihm spricht, in der Kirche oder in seinem Hause oder bei einem Feste. Das macht ihm schwere Gedanken, macht ihn rasend, wütend und so zum Narren: denn ein Mann vornehmen Herzens beschwert sich nicht mit Weibsdingen. Kennt einmal der Mann seines Weibes Fehler, so erliegt er einer Krankheit, für die es keine Medizin gibt. Ist er beunruhigt, sucht er seine Schande auf, und findet er sie, so ist es nur recht, dass er das Übel ertrage, das er gesucht und gefunden hat und ist verloren. Alle Gefahr wird über sein Gut und seine Gesundheit kommen, und das Alter wird ihn überfallen und alles wird ihm zum Ekel, nichts zur Freude sein. Und ist es zu spät für alle Reue. So lebt er in Qualen hin und endet seine Tage im Elend.

Die siebente Freude der Ehe ist aber diese:

Manchmal fand einer eine gute, kluge und wohlhabende Frau, oder er fand eine, die nie zu etwas nein sagt, was der Mann verlangt oder gern haben will. Aber: Ob nun die Frau so ist oder so – eine Eheregel gibt es, die eine jede glaubt und hält, und diese ist: Mein Mann ist der schlimmste, den es gibt, und der unfähigste in den Dingen der Liebe. Das sagt oder glaubt jede Frau von ihrem Mann. Trifft es sich, dass ein junger Mann, so recht einer wie ein junger Hahn, mit einer lebhaften jungen Frau sich verheiratet und sie sich aneinander vergnügen, so oft sie nur können und Lust haben, so geht das wohl ein, zwei Jahre oder auch was länger, bis die erste Glut etwas gekühlt ist. Aber die Frau wird, welchen Standes sie auch immer sein mag, nicht so bald dessen satt sein wie der Mann, denn sie hat nicht seine Arbeit, seine Sorgen und Beschwerlichkeiten. Und tut er da sein Spiel nicht mehr häufig, so wird die Frau ein gar schiefes Gesicht machen. Freilich ist es wahr, dass die Frau in der Zeit ihrer Schwangerschaft mancherlei Unbequemlichkeiten und bei der Niederkunft sogar manche Schmerzen auszustehen hat; aber ist das doch alles nichts gegen die Sorgen und die Verantwortlichkeiten des Mannes. Und was die Schmerzen der Geburt betrifft, so ist darüber so wenig Verwunderns als über ein Huhn oder eine Gans, die ein Ei legt, groß wie eine Faust und selbes durch ein Loch zwänget, in das vorher nur mit Not ein kleiner Finger ginge. Die Natur tut Wunder bei dem einen Tier wie bei dem andern. Wenn man sieht, dass ein Huhn, das alle Tage sein Ei legt, weit fetter ist als der Hahn, so ist darüber nichts zu staunen; denn der Hahn ist so dumm, dass er den ganzen Tag weiter nichts tut als für die Hühner Futter suchen und es ihnen in den Schnabel stopfen, dahingegen die Hühner nichts weiter tun als fressen und kacken. Und so ist's mit den Ehemännern. Der Mann ist müde von des Tages Arbeit und Sorge; anderswo sind seine Gedanken, als dass sie aufgelegt wären zu dem Spiel, am wenigsten um seiner Frau damit einen Gefallen zu tun; auch kann er es nicht mehr so wie einst oder wie er es können sollte. Aber sein Weib ist damit gar nicht zufrieden, denn sie findet an dem Dinge noch ebenso starkes Vergnügen wie das erste Mal. Aber alltäglich wird die anfänglich so große Ration kleiner, und aller Aufwand an verliebten Augen und

Scherzen endet, da ihr Hauptziel nicht erreicht wird, in Zank und Spott der Frau. Und ihre Lust wird stärker mit jedem Tag, der sie nicht sättigt.

Angenommen sie ist eine kluge Frau, die keinen Willen nach dem andern Mann hat, so wird sie doch glauben, ihr Mann sei in diesem Stücke minder als jeder andre Mann; und hat das zu glauben den besten Grund, da sie ja die Kraft eines Mannes an der Kraft ihres eigenen Mannes, die ihr jetzt nicht genügt, einmal oft genug erfahren hat. Es soll aber doch ein Mann einem Weibe genügen oder die Natur hatte diese Dinge nicht in das rechte Verhältnis gebracht. Genügte nicht ein Mann einem Weibe, so hätte wohl Gott und die Kirche befohlen, dass das Weib zwei Männer oder überhaupt soviel als es nur Lust hätte nehmen könnte. Aber es gelüstet sie zu versuchen, ob die andern Männer von ebenso geringem Vermögen wären als der eigene Mann. Jede Frau, die darin nicht mit ihrem Mann zufrieden ist, glaubt es bei einem andern besser zu finden, und so wählt sie sich für ihre neugierige Lust einen passenden Geliebten, ganz wie ein Roß sich im Vorbeitraben ein Büschel Laub vom Baum reißt, und der Geliebte tut natürlich, ausgehungert, wie er auf das Weib ist, Wunder, wenn er ans Ziel kommt. Und wenn sie vorher ihren Mann für schlecht und von geringer Kraft hielt, so ist sie jetzt von seiner gänzlichen Unfähigkeit überzeugt; denn die gegenwärtigen Freuden der Liebe sind immer mehr wert als die Erinnerung an die vergangenen, besonders wenn man es nun wirklich erfahren hat.

Man weiß, dass die meisten Menschen gerade das Gegenteil von dem tun, was sie sagen: was immer ein

Mann für ein Weib hat, sie dünkt ihm besser und mehr wert als jede andere. Wenn diese Regel auch nicht immer gilt, so gilt sie doch nur in den Fällen nicht, wo der Mann ein Verzweifelter ist. Die mehreren Ehemänner hört man unaufgefordert ihre Weiber loben und alles Gute aufzählen, das sie in ihnen zu haben meinen.

Man sieht des öfteren, dass eine Witwe sich gleich wieder verheiratet; aber mag der zweite Mann auch noch schwächer und unfähiger sein als der erste, der erst kürzlich verstorben ist, sie wird doch sagen, der zweite sei besser und sich heimlich um einen Liebhaber umtun.

Und nicht selten ist es, dass eine Frau mit ihrer großen Wollust alles verschwendet und zugrunde richtet, was der Mann mit Mühe und Arbeit erworben und zusammengebracht hat; auf vielerlei Art versteht sie es, das Gut des armen Mannes durchzubringen, bald mit einem Galan, bald mit alten Kupplerinnen, bald mit ihrem Beichtvater Franziskaner oder Dominikaner, dem sie das Jahr durch eine große Pension bezahlt, damit er sie absolviere, welche Gewalt er vom Papst hat. Was nützt es dem Mann, dass er so sparsam lebt als er nur kann, wenn er doch bei allem Rechnen merkt, dass seine Verhältnisse immer schlechtere werden, und alles den Krebsgang geht? Da spricht er dann wohl zu seiner Frau, die er über alles liebt: »Ich weiß wahrhaftig nicht, Liebste, was es bedeutet und wo unser Vermögen hingeht. Es ist, als ob es zwischen den Fingern zerrönne, es sei Gold oder Silber, Getreide, Wein oder anderes. Ich kann wohl sagen, ich bin ein Hauswirt, der nichts ohne Ursache ausgibt, und trau mich kaum mir einen neuen Rock machen zu lassen, so wenig auch der alte mehr taugt.« Gleich sagt die Frau: »Ich bin nicht weniger erstaunt darüber als Du, mein Lieber, wo ich mich doch einschränke und spare, was ich nur kann.« Und so weiß der Mann nicht, woher es kam, dass er so in Armut geriet und spricht vom Unglück, das ihn verfolgt und das gegen ihn arbeitet und ihn zu nichts kommen lässt. Kein Wort würde er glauben, sagte ihm einer was gegen seine Frau, und hätte der wenig Glück damit bei dem Manne, der es für Verleumdung nähme und den, der es sagte, für seinen ärgsten Feind hielte. Und ist es ein sehr guter Freund, zu dem der Mann alles Vertrauen hat, und öffnete er ihm die Augen über die schlechte Wirtschaft oder sagte er ihm gerade heraus die Wahrheit mit allen Beweisen, so wär nichts weiter, als dass der Mann mit einem großen Kummer und Betrübnis herumginge. Das merkt dann die Frau bald, dass er etwas über sie müsse vernommen haben, aber sie ist ihrer Sache ganz sicher, dass sie sich gut herausreden würde. Der Mann sagt auch kein Wort, denn er vermeint sie schlau auf die Probe zu stellen. Sagt also: »Liebes Kind, ich muss zwölf Meilen über Land in wichtigen Geschäften.« – »Kann nicht einer Deiner Leute für Dich reisen?« – »Ich muss es schon selbst und denke, ich bin in zwei, drei Tagen wieder hier.« Er trifft alle Anstalten und tut, als ob er wirklich abreiste, versteckt sich aber an einem sichern Ort und weiß so insgeheim wieder in sein Haus zu kommen. Die Frau hat wohl gemerkt, worauf es abgesehen ist und hat ihrem Geliebten schon sagen lassen, dass er unter keinem Vorwande kommen dürfe, weil sie sich sonst das Schlimmste versehen müsste. So erfährt der arme Mann seine Schande nicht und hält seines Freundes Erzählung für eine mit Fleiß ersonnene Lüge. Auch kann er nicht glauben, dass seine Frau, die ihn bei seiner Ankunft so herzlich küsst und umarmt und ihn ihren Einzigen nennt, jemals etwas Schlimmes hatte tun können. Und so sägt er ihr also später im Bett: »Ich hab gewisse Dinge gehört, die mir gar nicht angenehm sind, Liebste.« Tut die Frau erschrocken: »Bei den Heiligen, Mann, was ist es? Hast Du Verluste gehabt in deinen Geschäften? Oder ist Dir ein Freund gestorben?« – »Nichts von alledem, es ist was weit schlimmeres.« – »Bei der Muttergottes, was kann's sein? Sag mir's doch!« – »Also, wenn du es schon wissen willst: Ein Freund hat mir erzählt, dass Du es mit einem andern Mann hältst, und mehr solches.« Da schlägt die Frau ein Kreuz, lächelt heimlich und sagt: »Darüber mach Dir wirklich keine Sorgen, Mann. Wollte Gott, ich wäre von allen Sünden so rein, wie von dieser.« Dann legt sie feierlich die Hand an den Kopf: »Nicht nur den Kopf, ganz geb ich mich dem Teufel, wenn je der Mund eines Mannes meine Lippen berührt hat, Dich, Deine und meine Vettern ausgenommen, wie alle, die Du mir zu küssen erlaubt hast. Also das ist es, das? Pfui und pfui! Aber ich freu mich doch, Liebster, wenn es weiter nichts ist als das, denn ich war schon besorgt, es würde was viel schlimmeres sein. Ich weiß ganz gut, von wem das Gerede kommt. Und wollte Gott, Du wüsstest, warum man Dir das gesagt hat. Du würdest Dich da sehr wundern über den, der sich Deinen Freund nennt. Ich sag nichts weiter.« – »Wer hat es nur dann gesagt?« fragt der Mann. – »Das werd ich Dir schon noch einmal sagen.« – »Aber ich will es jetzt wissen,« besteht der Mann. – »Ich muss schon sagen, dass es mir gar nicht recht war, dass Du ihn mir so oft ins Haus kommen ließest, wo Du mich doch, wie Du sagst, so liebst.« – »Nenn ihn mir doch, ich bitte Dich darum.« Nun fällt sie ihm wollüstig um den Hals und unter Küssen: »Sie wollen mich schlecht bei Dir machen, die Schufte.« – »Also wer ist es?« – »Also, bei meiner armen Seele, der Dir das gesagt hat und dem Du so vertrautes der versucht es seit zwei Jahren, mich zu verführen. Aber was er auch anstellte gegen meine Ehre, und soviel er sich auch Mühe gab, ich bin treu geblieben. Du sagtest mir immer, er käme ja nur aus Freundschaft zu Dir, und er kam doch bloß, um Dich zu verraten: Nicht eher hörte er auf, auf mich einzureden, bis ich ihm sagte, ich würde Dir alles mitteilen. Ich tat es nicht, weil er auf diese Drohung hin nicht mehr so zudringlich war, weil ich meiner so sicher war und auch keinen Streit zwischen Euch bringen wollte. Deshalb schwieg ich, aber es ist wahrhaftig nicht sein Verdienst, Dich vor Schande bewahrt zu haben.« – »Bei der Muttergottes! Wer hätte das von ihm geglaubt! Dieser Schuft!« Gleich fällt die Frau ein: »Das aber sag ich Dir: Wenn er je wieder in unser Haus kommt oder wenn Du je wieder ein Wort mit ihm sprichst, so ist es zwischen uns beiden zu Ende, dann scheiden wir uns. Also das verlange ich von Dir. Wollte Gott, ich hätte Dir nichts davon gesagt. Aber mit gefalteten Händen bitte ich zu ihm, dass er Feuer auf mich fallen lassen und mich verbrennen solle, wenn je mich die Lust nach einem andern Manne ankommt!« Und während sie ihn aufs Neue halst und küsst: »Wie könnte ich denn so schlecht sein gegen Dich, wo Du doch so lieb, so gut, so süß zu mir bist und alles willst, was ich will. So lange habe ich als anständige Frau gelebt und jetzt auf einmal sollte ich – aber ich bitte und verlange von Dir, dass Du dem Verleumder unser Haus verbieten lässt und ihm sagen, er soll sich nie dort blicken lassen, wo ich bin.« Nun fängt sie zum Beschluss zu weinen an; der gute Mann sucht sie zu beruhigen; er verspricht und schwört, alles genau so zu tun, wie sie es verlangt habe, schwört ferner, nie mehr auf derlei Gerüchte zu hören, wenn sie etwa wieder an sein Ohr kämen. Nicht die leiseste Spur eines Zweifels bleibt in dem guten Mann zurück. Sein Freund, der aus Freundschaft zu ihm gesprochen hatte, gilt ihm von nun ab als sein ärgster Feind. Also ist der vernünftige Mann ohne alle Zauberei in einen Ochsen verwandelt worden, der auf der Wiese Gras frisst. Nun ist er völlig in dem Netz gefangen, und seine Frau treibt es besser als sie je zuvor konnte. Und keiner sagt dem Mann ein Wort davon, denn jeder weiß, dass er es doch nicht glaubt, und der ihm sagt, seine Frau sei ein Ausbund an Tugend und Keuschheit, der wird sein bester Freund. Das Alter kommt über ihn und die Verarmung. Die einen sagen, es sei schade um ihn, die andern sagen, das sei nur ganz in Ordnung, denn er sei ein Vieh. So verliert er Ansehen und die Gesellschaft der rechtlichen Leute, lebt in Kummer und Leid, die er für Freuden nimmt, und beschließt sein Leben im Elend.

Die achte Freude der Ehe ist diese:

Einer hat nun drei oder vier Jahre alle Lustigkeiten und Vergnügungen der Ehe genossen, wird also kühler und fängt an, um andere Dinge sich zu kümmern. Man kann nicht immer die verliebte blinde Kuh spielen. Kommen da noch dazu Zank und Streit aus allerlei Missverständnissen zwischen den beiden Gatten, und geht die Frau, die schon zwei, drei oder vier Kinder hat, mit einem neuen schwanger und ist gerade bei diesem kränker als bei allen andern, da ist der Mann in groß Sorg und Nöten und will ihr nur gern alles tun, was sie nur möchte. Kommt endlich die Zeit der Niederkunft heran, wird die Frau so elend, dass die Gevatterinnen und alles meint, sie müsse dabei ihr Leben lassen. Der Mann gelobt sich allen Heiligen im Himmel, und sie verspricht eine Wallfahrt zu Unsrer lieben Frau von Puy in der Auvergne, oder zu der von Rocamadour und zu noch ein paaren. Die Heiligen nehmen sich des armen Mannes an und entbinden die Frau glücklich von einem Kinde. Das Kindsbett dauert nun lange Zeit. ... Die Gevatterinnen und Basen rücken an und lassen sich alles reichlich und wohl schmecken. Die Wöchnerin erholt sich bei guter Pflege gar bald und tut eifrig mit bei den Skandalgeschichten, die von Land und Ort da erzählt werden.

Darüber kommt der Frühling, und unter dem Einfluss der Elemente und Gestirne heben sich die Kräfte zu frischer Lust, dass man fröhlich durch das Land schweift. Die Lust zu reisen packt die Weiber und wenig kümmern sie sich darum, ob der Beutel des Mannes die Ausgaben verträgt. Sagt die Frau, von der ich redete, zu einer Freundin: »Ja, schon, aber ich weiß nicht, wie es meinem Mann sagen, dass ich auf Reisen will.« – »Darum kümmer ich mich bei meinem schon lange nicht mehr. Sie kommt einfach mit uns, und wir wollen uns eine gute Zeit machen; eine Base kommt noch mit und ein Vetter von mir.« Der ist natürlich keine Spur von

Vetter, aber es sagt sich so besser. Und geht sie mit ihm auswärts, weil es sich da besser betreiben lässt als daheim. So wird die Reise beschlossen und die beiden trennen sich. Unsere Frau kommt nach Hause, ganz schlechter Laune; der Mann kommt aus der Stadt oder sonst woher von seinen Geschäften und fragt, was ihr fehle. »Ach«, sagt sie, »ich hab einen solchen Schrecken erfahren, Lieber, denk, unser Kind ist krank« – es ist ganz gesund – »ganz heiß ist es, und die Amme hat mir gesagt, dass es schon seit zwei Tagen nimmer die Brust nimmt, sie hat es sich erst gar nicht zu sagen getraut.« Der Mann ist ganz niedergeschlagen, schaut nach dem Kind und das Wasser kommt ihm in die Augen. Des Nachts, da die beiden zu Bett liegen, seufzt die Frau und fängt an: »Du hast was Wichtiges vergessen, Mann.« – »Was denn?« – »Erinnerst Du Dich nicht, wie ich mit dem Kind so elend war, da hab ich mich doch unserer lieben Frau von Puy und unserer lieben Frau von Rocamadour versprochen – Du hast's ganz vergessen.« – »Du weißt doch, Liebe,« sagt der Mann, »was wichtige Sachen mir im Kopf liegen, dass ich nicht weiß, wo anfangen; aber es ist doch noch immer Zeit dafür.« – »Mir wird sicher nicht eher leichter, bevor ich nicht mein Gelöbnis erfüllt habe, und ich glaub sicher, das Kind ist krank, weil ich die schwere Sünde begangen habe.« – »Aber Liebe, Gott weiß ja, dass es nicht an unserm guten Willen gefehlt hat.« – »Sprich nicht so, Mann, ich muss mein Gelübde erfüllen, wenn es Gottes und Dein Wille ist, und mich auf die Wallfahrt machen. Meine Mutter geht mit und ein paar Basen und Vettern. Ich entbehre lieber sonst etwas, nur dass ich mein Gelübde erfülle.«

Und wenn sie sagt, sie entbehre lieber sonst was, so ist es aber der Mann, der entbehrt, und nicht die Frau.

Der Mann überlegt nun die Reise, denn seine Verhältnisse sind nicht so, dass er die Kosten ohne Weiteres bestreiten kann. Quasimodo kommt näher, die Zeit, da die Vöglein fliegen und singen; der Mann treibt Geld auf, um Pferde zu kaufen und ein Reitkleid für seine Frau. Und zufällig reist dieser oder jener Galan mit, der ihr unterwegs seine Dienste und Unterhaltung anbietet zu seinem und seiner Höflichkeit Nutzen. Manchmal fällt es dem Mann ein, mit auf die Wallfahrt zu gehen, aber er hätte besser getan, zu Haus zu bleiben und da lieber Steine zu tragen den ganzen Tag. Denn er hat vielleicht keinen Knecht und muss den unterwegs selber machen; und hätte er auch zwanzig Knechte, sie wären nicht genug, denn die Frau wäre nicht glücklich, würde sie ihren Mann nicht immerwährend ärgern und plagen, weil er ihr den dummen Streich gemacht hat, mit auf die Reise zu gehen. Bald ist ein Steigbügel zu lang, bald zu kurz, bald braucht sie den Mantel, bald braucht sie ihn nicht, bald trabt das Pferd zu scharf, dass sie darüber krank wird, bald steigt sie ab, dann wieder auf, weil der Weg schlecht ist oder es über eine Brücke geht, und der Mann muss das Pferd führen. Zuerst schmeckt ihr das Essen nicht, und der Mann, der müde ist wie ein Hund, muss in der ganzen Stadt herumlaufen, um das aufzutreiben, wonach sie Lust hat. Und nichts erträgt sie mit Geduld. Sagen noch die andern Weiber der Reisegesellschaft: »Wirklich, Gevatter, Sie taugen nicht zum Reisebegleiter einer Frau, denn Sie verstehen gar nicht, damit umzugehen.« Er hört das und lässt sie reden, denn er ist an Zank und Arbeit gewöhnt wie eine Dachrinne an Regen. Mit Müh und Not kommt man so nach Puy in der Auvergne und tut seine Wallfahrt. Gott weiß, wie sich der Mann in der Menge herumschlägt und drückt und manchen Puff bekommt, um seiner Frau Platz zu machen, damit sie ihren Rosenkranz und ihre Paternoster beten und die Reliquien unserer lieben Frau berühren kann. Die reichen Damen ihrer Gesellschaft kaufen sich da Rosenkränze aus Korallen und Bernstein, Ringe und Heiligenbilder in Email und andres derlei Zeug. Seine Frau muss natürlich auch solche Sachen haben, und er muss für das nötige Geld sorgen.

Endlich reist man wieder heim, nicht anders für den Mann als wie man hinreiste. Ein Pferd lahmt oder steht um, und er muss ein andres kaufen oder er muss zu Fuß trotten, wenn er dafür kein Geld hat, immer neben seiner berittenen Frau her. Sie will einmal Kirschen, dann wieder Pflaumen, dann Äpfel, dann Birnen; jetzt hat sie die Peitsche fallen lassen, jetzt hat sie ihr Taschentuch verloren, und der Mann muss zurück und suchen.

Man kommt nach Haus und meint, nun müsse der Mann wohl Ruhe vor seinem Weibe haben; aber dafür gibt sie noch keine Zeit, denn nun geht es an ein Hin und Her von Besuchmachen und Besuchempfangen, denn sie muss ja von all den schönen Dingen erzählen, die sie gesehen hat, und von allem, was passiert ist. Natürlich beklagt sie sich dabei über ihren Mann, der zu gar nichts zu brauchen war und wie er sie oft ganz rasend gemacht hat. Im Hauswesen geht bald alles Drunter und Drüber; der gute Mann plagt sich, was er kann, und hat keine ruhige Stunde mehr. Gelingt ihm was, so sagt die Frau, es sei allein ihr Verdienst. Läuft etwas nicht gut ab, so ist es allein seine Schuld. Es ist ihr nun nicht mehr wohl zu Haus und möchte sie immer reisen und unterwegs sein. Der Mann altert und kriegt die Gicht. Die Familie ist groß und so sind es die Ausgaben. Die Frau hat nun Reisen und Kinder satt und schimpft und flucht den ganzen Tag. Solcherart ist der gute Mann im Netze, steht alle Leiden und Jammer aus, die er immer für Freuden halten mag, und wird drin bleiben, bis er sein Leben elendiglich beschließt.

Die neunte Freude der Ehe ist diese:

Ein junger Mann hat sich in das Netz und Gefängnis der Ehe begeben; nach den Freuden und Lüsten, die er erst darin gefunden hat, wird nun die Frau auf einmal anders und ganz übel – sie war es immer schon wie alle Weiber – und will im Hause mindest die gleiche Herrschaft haben wie der Mann, lieber aber noch mehr. Ist der Mann klug und vernünftig, so wird er das freilich nicht leiden mögen und auf allerlei Arten dagegen sein, woraus ein unaufhörlicher kleiner Krieg von Listen zwischen ihnen sein wird, wenn es auch zu keiner großen Schlacht kommt. Und hat der Krieg bis zwanzig und mehr Jahre gedauert, und hat der Mann auch siegreich seine Position behauptet, und ist kein Weiberknecht geworden, so ist doch die Frage, ob der Mann in all dem nicht doch Entsetzliches hat ausstehen und ein Leben voll Leid, Unruhe und Verdrießlichkeiten hat leben müssen. Ich setz nun den Fall, der Mann hat Töchter, die er alle wohl verheiratet hat. Keiner weiß, was Mühe und Kummer und schlaflose Nächte es ihm gekostet hat, dies zustande und es mit seinem Vermögen so weit zu bringen, anständig zu leben; denn nun kommen Zufälle, Alter und Krankheit, die Gicht etwa, dass er sich nicht heben kann, wo er sitzt, noch von einem Ort zum andern gehen. Nun ist der Krieg geendigt und zu des Mannes Schaden. Denn die Frau ist gesund und noch in guten Jahren, jünger vielleicht als der Mann, und tut nun ganz nach ihrem Gefallen. So lange hat er mit Geschick den Krieg geführt, nun ist er doch zuletzt unterlegen. Die Kinder, die bisher unter des Vaters guter Zucht waren, finden in der Mutter eine Verteidigerin, wenn der Vater etwas an ihnen zu tadeln hat, was ihm großen Kummer in seinem Herzen bereitet. Und auch für seine Leute, die er in seinem Zustande so braucht, muss er Maß haben, dass sie ihm nicht abwendig gemacht werden. Und wenn er auch seinen Verstand gesund erhalten hat, wird er doch als ein Narr behandelt und gehalten, weil er nicht ohne Hilfe von seinem Stuhle sich heben kann. Nun will sein ältester Sohn die Wirtschaft übernehmen und sich selbstständig machen, worin ihn die Mutter unterstützt, denn der Vater lebt ihm zu lang. Solcherweise muss der gute Mann sich von Weib und Kindern, ja von seinen Dienstleuten beherrschen lassen, die nicht tun, was er befiehlt. Und wollen ihn nicht einmal ein Testament machen lassen, weil sie fürchten, sie kämen darin nicht gut weg. Halbe Tage lassen sie ihn allein in seinem Zimmer, ohne ihn zu besuchen, und lassen ihn Hunger und Durst und Kälte leiden. Und ist der Mann vernünftig und bei gutem Verstande, wird er in dieser seiner Einsamkeit so trostlosere Gedanken über sein Geschick haben. Ruft in einer solchen Not nach Weib und Kindern und kümmert sich keines um ihn und seine Jammerklage. Nun ist alles, womit sich sein Weib mit ihm vergnügte, vergessen, und geblieben ist nur die Erinnerung an all die Streiche, die er ihr zugefügt, und erzählt sie den Nachbarinnen, ein wie schlechter Mann er immer gewesen und was er ihr für ein Leben bereitet, und wie sie ohne die große Geduld, die sie mit ihm gehabt, wohl nicht mit ihm hätte hausen können. Der Mann bekommt es öfter von ihr zu hören, dass er um seines schlechten Lebenswandels jetzt mit Leiden bestraft werde. Und die das sagt, ist eine ausgetrocknete, herbe, zänkische Alte, die sich nun so dafür rächt, dass früher sie über den Verstand ihres Mannes nicht hat Herr werden können, und lässt sich daraus ihr giftiger Zorn begreifen. Sagt der Mann ihr etwa dies: »Liebe, Du bist es, die mir auf der Welt am liebsten sein muss und ich Dir, nun muss ich es Dir sagen, dass ich mit vielem, was mir geschieht, nicht zufrieden bin. Du weißt, ich bin der Herr im Hause und werde es sein, solange ich lebe, werde es sein und nicht bloß scheinen. Wenn ich ein Armer wäre, der sein Brot um Gottes willen sucht, dürfte man mir so nicht tun, wie man mir tut. Du weißt, ich hab Dich immer lieb gehabt und hab mich geplagt und hab gearbeitet – aber unsere Kinder betragen sich schlecht gegen mich.« Da sagt gleich die Frau: »Was willst Du, dass ich tue? Man tut doch alles nach Deinem Gefallen, nur weißt Du oft selbst nicht, was Du haben willst, und so warst Du schon immer, das weiß Gott.« – »Lass sein, lass sein,« ruft der Mann auf, »ich hab Dich schon genug gehört,« und spricht zu seinem Ältesten:»Vernimm mich wohl, mein Sohn. Dein Benehmen seh ich gut und es gefällt mir nicht. Du bist mein ältester Sohn und wirst mein vornehmster Erbe sein, wenn Du Dich wohl aufführst. Aber ich merke, dass Du Dir jetzt schon ein Recht über mich und meine Habe gibst. Hab's nicht so eilig und denke, dass Du mir jetzt noch zu gehorchen hast; ich war Dir immer ein guter Vater, hab mein Erbteil nicht nur nicht durchgebracht, sondern es durch meine Arbeit vermehrt, und es ist ansehnlich, was ich Dir hinterlasse. Aber wenn Du Dich nicht änderst, so schwöre ich Dir, wirst Du keine Freude an dem haben, was mir Gott geschenkt hat. Also nimm Dich in Acht.« – »Ja, was soll er denn gar tun?« fängt die Mutter gleich an. »Ich weiß es wahrhaftig nicht; man hat wirklich nichts anderes zu tun, als immer nur um Dich sein. Du weißt nicht, was Du willst. Ist Dir vielleicht nicht ganz wohl?« – »Schweig,« sagt der Mann nur, »und stell Dich nicht, wie Du immer getan hast, auf seine Seite.« Da verlassen Mutter und Sohn das Gemach und sagen einander, der Vater sei verrückt, weil er dem Sohn mit Enterbung gedroht hat, und beschließen: Den Vater mit niemand mehr reden zu lassen, damit er das nicht wahr machen könne. Und überall herum erzählen sie es, dass es mit dem Verstand des Vaters nicht mehr richtig sei und dass man ihm wird müssen einen Vormund setzen. Und kommt wie früher ein Besuch – er war immer ein gastlicher Hauswirt gewesen – und will mit dem Manne plaudern, so spricht die Frau: »Ach, mein guter Mann ist ganz kindisch geworden. Man darf ja Gott nicht zeihen und muss hinnehmen, was er auf uns legt, und hat mir eine gar schwere Last gegeben und niemanden, der mir sie tragen hülfe.« Des wundert sich der Freund sehr, denn er hatte den Mann als der verständigsten einen im ganzen Lande gekannt. »Ja, es ist Gottes Fügung!«, sagt die Frau. Also wird der Mann, der ehrlich gelebt hat, behandelt. Und hat keinen, dem er es klagen könnte, und verbraucht in Kummer, was ihm noch zu leben bleibt. Keine Freude tritt mehr in sein Herz, und ist es zu wundern, dass es nicht die Verzweiflung packt, gegen die ihn sein starker Verstand noch schützt. Kein andres Heilmittel ist für seinen Schmerz als die Geduld; und spricht kein Mensch anders von ihm, als wie von einem, von dem man schon Abschied genommen hat.

Also tut der Unglückliche Buße für seine List und sein Verlangen, ins Netz zu kommen. Und wäre er nicht drinnen, er würde nicht ruhen, hineinzukommen. Und seine Jammerklage hört nicht auf, und elend endigt er sein Leben.

Die zehnte Freude der Ehe ist diese:

Das Netz der Ehe ist zum Fang aufgerichtet, wie die Vorrichtungen zum Vogelfang: Ein paar dressierte Vögel und eine Handvoll Körner locken das freifliegende Wild herbei, die Schlinge zieht sich zu und die Dinger sind gefangen; da werden sie nun mit den Füßen zusammengebunden und in einen Korb gesteckt gegen alle ihre freie Natur. Wenn auch die schlaueren Vögel vor dein Fangnetz waren gewarnt worden, würden sie doch ihre Begier nicht haben zurückhalten können. Der Ehemann dachte es sich sehr gut einzurichten und hofft auf Tage voller Lust und Freude; aber er findet das Gegenteil. Und oft geschieht es, man sagt durch Besprechungen und Zaubertränke, dass sein Weib von ihm nichts wissen will und er seinem Weibe keine Lebensfreude tun kann, so sehr ihm auch das Fleisch danach brennt. Dann geht ihre Klage abseits, zu Mutter oder Base: Dass ihr Mann unfähig in der Liebe sei, und bei ihr wenigstens nichts vermöge, wenn auch vielleicht bei andern, und dass ihre Lust danach groß sei. Und dies sei doch sicher das Schlimmste, dass man recht durstig das Wasser schon mit dem Munde berühre und doch nicht trinken könne. Eine solche Frau hat immer einen Freund, der ihr mit seinen Dingen treulich beisteht und ihr das Vergnügen macht, das sie von ihrem Manne nicht bekommt, weil sie es von ihm nicht will.

Nun kommt es vor, dass die Frau und der Liebhaber nicht vorsichtig genug sind, der Mann etwas merkt und wütend zuschlägt. Manchmal jagt er sie auch davon, wie es schon öfter vorgekommen ist. Und manchmal verklagt sie den Mann, dass er sie schlage und schlecht behandle, und der Mann wird sich bemühen, den Frieden wieder herzustellen um jeden Preis. Da beredet sie sich erst gut mit ihrem Liebhaber, da sie so des Mannes guten Willen sieht, und schickt Freundinnen zu ihrer Mutter, dass sie sage, sie wäre die Zeit über nicht von ihrer Seite gegangen; und die Mutter spricht zu dem Gatten: »Ich wollte, Sie hätten sie mir lieber zurückgeschickt, als mein Kind so zu schlagen, denn ich weiß, dass sie nicht das Mindeste getan hat. Und wenn sie was getan hat, so war es durch Ihre Schuld allein.« Es trifft sich auch wohl, dass der Mann oder die Frau die Trennung wünschen: Der Mann klagt sein Weib, das Weib klagt den Mann. Sie sind im Netz Und wollen heraus, aber die Reue ist zu spät, also prozessieren sie. Doch können sie keine hinreichenden Gründe zur Scheidung anführen oder die Beschuldigungen können nicht gehörig erwiesen werden; also gibt ihnen der Richter den Bescheid, dass sie in ihrer Ehe weiterleben müssen und ermahnt sie zur Einigkeit und zum Vertragen. Das wenig Gute, dass vor in dieser Ehe war, wendet sich damit zum schlimmen und sie haben den Spott dazu. Zuweilen bringen sie aber auch triftige Gründe und Beweise vor; worauf sie der Richter scheidet und ihnen bei großer Strafe ein keusches und zurückgezogenes Leben gebietet. Aber nun seht, was daraus folgt: der eine oder der andere oder alle beide tun was ihnen beliebt und überlassen sich ganz ihren Leidenschaften. Die Frau geht von Bett zu Bett die ganze Stadt durch und sucht ihr Vergnügen. Beide glauben, sie wären nun außer dem Netz und der Falle entgangen, und sind doch nur schlimmer dran als zuvor. Denn der Mann mag welchen Standes immer sein, er ist wie die Frau in dieser Welt verdorben und vernichtet. Keiner darf fürder mehr heiraten, solange einer von ihnen lebt, und ist ihr Name verloren und ohne Erben. Der Mann ist vom Leben seiner Frau geschändet, denn die hat alle Scham verloren und treibt es mit jedem Liebhaber vor ihres früheren Mannes Augen. Ich glaube, dies ist der Übel schlimmstes, das ein Mann ertragen kann, außer die Ehe selber! So lebt er, und im Netz sein Leben voller Leid und Qual und endet es im Elend.

Die elfte Freude der Ehe ist diese:

Ein junger und hübscher Mann geht lustigen Schrittes und frei und wohin er will nach seinem Belieben und ohne Zwang; und kommt vielerorts hin und dorthin besonders, wo die Frauen und Mädchen sind, bürgerliche oder vom Stande. Und da er jung, grün und verliebt und sogar unerfahren ist, so merkt er nichts sonst als seine Lust und sein Vergnügen. Er hat noch Vater oder Mutter und ist ihnen alle ihre Freude und einziges Kind, dass sie ihn gar stattlich einherkommen lassen. Oder er ist ein Edelmann auf dem Lande und zieht da mit Freunden von Ort zu Ort, und wo immer er in Geschäften mit Frauen und Mädchen zu tun hat, nimmt er sich ihrer gern an. So trifft er einmal ein schönes Fräulein, von bürgerlichem oder adligem Stande, das sei, wie es mag; aber es ist über die Maßen schön und manierlich, dass es köstlich zu sehen ist, und hat dieses Fräulein ob seiner weitgerühmten Schönheit viele Anbeter und Verfolger. Da war nun einer darunter, der ihr schön von der Liebe sprach und dem sie nicht widerstehen konnte; denn sie ist selber arg verliebter Art und heißen Blutes, wie denn solche Frauen schwer eine verliebte Bitte abschlagen können, sofern sie nur von dem Rechten auf rechte Art vorgebracht wird. Um auf das besprochene Fräulein zu kommen, so hat es einem armen Jungen nachgegeben, der es mit seiner Liebe bestürmte, und ist von ihm schwanger geworden. Dagegen gibt es nun nichts anderes, als die Sache zu verheimlichen und sie gut zu machen so weit als möglich. Darein bringt nun die Mutter, die davon weiß und gar wohl erfahren ist, Ordnung, indem sie den armen Menschen, der das Übel angerichtet, davonjagt. Er würde die Jungfer schon auch heiraten, wenn es die Mutter wollte. Aber es will's der Zufall, dass er ein armer Teufel ist, dem man das Mädchen nicht geben will, oder er ist, was auch oft vorkommt, verheiratet. Gott straft die Verheirateten oft mit solcher Plage: die Männer betrügen ihre Weiber, was eine Narrheit ist; denn das Weib, das sich betrogen weiß, das wird sich auf gleiche Art rächen. Man muss nun die Sache nehmen, wie sie dem armen Mädchen gekommen ist; sie ist schwanger und die Zeit eilt; und ist sie selber noch ein Kind, das nicht weiß, was alles das ist. Aber die Mutter hat schon bemerkt, dass das arme Mädchen sich des Morgens erbricht und blass aussieht. Sie kennt sich gar wohl in allen Dingen aus und holt sich heimlich das Mädchen »Du komm mal her. Ich habe Dir doch gesagt, dass Du verloren und entehrt bist, wenn du das machst, was du gemacht hast. Aber geschehen ist geschehen. Du bist schwanger und sag mir alles.« – »Wahrhaftig, Mutter,« sagt die Kleine, die so zwischen fünfzehn und siebzehn ist, »wahrhaftig, ich weiß von nichts.« – »Es war mir doch, als ob ich Dich heute früh hätte speien sehen, und andere Sachen sind mir auch verdächtig.« – »Ach ja, Mutter, das Herz tut mir so weh.« – »Ach was, schwanger bist Du, da ist kein Zweifel. Aber sprich kein Wort und verrat Dich vor niemand. Und gib acht, dass Du genau tust, was ich Dir sage.« – »Gern, Mutter,« sagt die Kleine. – »Hast Du Dir den Edelmann angesehen, der manchmal herkommt?« – »O ja, Mutter.« – »Also gib acht. Er wird morgen wieder da sein und Du bist aufmerksam und höflich zu ihm. Und wenn Du weißt, dass ich und die andern, die noch da sind, dass wir also untereinander reden, so blick ihn nur immer zärtlich an, so auf die Art, verstehst Du?« Und zeigt, wie sie es machen soll. »Und wenn er zu Dir spricht, hörst Du aufmerksam zu und antwortest ihm artig. Und wenn er Dir von Liebe spricht, so pass genau auf und sag so was von danken und dass Du nicht wüsstest, was das sei und dass Du es auch noch nicht wissen wolltest. Aber lass ihn immer davon reden, denn der Stolz einer Frau ist ein falscher und gemachter, die nicht hören will, was man ihr Angenehmes sagt. Will er Dir Gold oder Silber geben, so nimm es nicht; ist es aber ein Ring, ein Gürtel oder so was, so sträub Dich anfangs, aber dann nimm es doch, ihm zuliebe, wie Du sagst und dass er sich nichts Schlimmes dabei denken dürfe. Und wenn er sich verabschiedet, fragst Du ihn, ob man ihn bald wieder sieht. »Hast Du alles gemerkt?« – »Ja, Mutter.«

Also kommt der verliebte Junge, den man gern ins Netz ziehen will, denn er ist reich, gut gewachsen und ein bisschen dumm. Kein Wunder, dass alle Mädchen und deren Mütter Jagd auf ihn machen. Man setzt sich zu Tisch und vergnügt sich an Essen und Trinken. Nach dem Essen nimmt die Hausfrau ein Paar Herren zur Seite und unterhält sich mit ihnen; die andern gehen hier und dorthin und plaudern. Der Liebhaber hält sich an die Tochter, ergreift ihre Hand und sagt: »Wollte Gott, mein Fräulein, dass Sie meine Gedanken errieten!« – »Ihre Gedanken? Die will ich nie wissen, wenn Sie sie mir nicht sagen! Oder denken Sie etwas, was Sie sich mir nicht zu sagen getrauen?« – »Das nicht, bei meiner Ehre! Ich denke nichts, was Sie nicht wissen dürften. Aber ich möchte wohl gern, dass Sie es erfahren könnten ohne dass ich es sage.« – »Aber das ist doch nicht möglich,« sagt die Kleine und lacht. – »Wenn Sie es erlauben ... aber Sie sind nicht böse, dass ich es Ihnen sage!« – »Sagen Sie immer, was Sie wollen, ich weiß, dass es nichts Schlimmes sein kann.« – »Mein Fräulein, ich bin ein einfacher Edelmann und weiß, dass ich Ihre Liebe nicht verdiene, denn Sie sind schön und mit allen jenen Gaben ausgestattet, die die Natur je an Mädchen gewissermaßen verschwendet hat; wenn Sie mir aber doch die Ehre Ihrer Liebe erzeigen wollten, so würde ich stolz darauf sein, Ihnen allen guten Willen und alle treuen Dienste anzubieten, die nur irgendeiner auf der Welt Ihnen erweisen kann, und würde Ihre Ehre über der meinen achten.« – »Ich danke Ihnen sehr für Ihre Worte, mein Herr, aber ich bitte, sprechen Sie mit mir nichts davon, denn ich verstehe die Worte nicht und will sie nicht verstehen, denn ich habe darin von meiner Mutter noch keine Belehrung erfahren.« – »Ihre Frau Mutter ist eine vortreffliche Frau, mein Fräulein; aber sie weiß nichts von meiner Absicht, denn ich wollte erst mit Ihnen sprechen.« – »Aber, mein Herr, ich habe doch gestern davon gehört, dass Sie sich verheiraten werden. Da nimmt es mich wunder, Sie so reden zu hören.« – »Ich werde mich, bei meiner Ehre, nie verheiraten, solange es Ihnen gefällt, meine Dienste anzunehmen.« – »Ich weiß nicht, ob wir beide davon Vorteil haben würden. Und was sagten Ihre Freunde dazu? Und wenn Sie mich in Schande brachten?« – »Lieber sterben!« – »Um Gottes willen, schweigen Sie. Wenn meine Mutter etwas merkte, wäre ich verloren.« Die Mutter hat ihrer Tochter nämlich schon ein Zeichen gegeben, dass sie schweigen soll; weil sie Angst hat, das Mädchen spiele seine Rolle nicht gut. Indessen drückt der verliebte Herr ihr einen Ring oder sonst eine Kostbarkeit in die Hand: »Ich bitte Sie, mein Fräulein, nehmen Sie dies Andenken von mir, mir zuliebe.« – »Ich darf nichts nehmen und nehme auch nichts.« – »Ich bitte Sie darum!« und steckt ihr den Ring an den Finger, und sie behält ihn mit den Worten: »Also um Ihretwillen und weil Sie es so haben wollen, aber Sie dürfen nicht schlecht von mir denken.«

Da hört man plötzlich die Hausfrau zu den Gästen – meist ihren Verwandten – sagen: »Ich denke, wir gingen morgen nach dem Ort, wo die Wallfahrt ist!«, und alle sind damit einverstanden. Man begibt sich zum Abendessen und lässt den Galan natürlich neben dem Mädchen sitzen, das seine Rolle vortrefflich spielt und den jungen Mann in ein mächtiges Feuer bringt: Ein junger Mensch in dem Fall weiß nicht, was er tut.

Am andern Morgen macht man sich also zu dem Wallfahrtsorte auf, und da ist natürlich kein anderes Pferd da, wie alle sagen, als das des verliebten Ritters, das zweie tragen kann, wessen der sehr froh ist. Man setzt ihm das Fräulein hinten aufs Pferd, und die, junge Dame umarmt ihn, um sich zu halten und nicht herunterzufallen, und Gott weiß, wie angenehm das dem Herrn Ritter ist: er gäbe auf der Stelle was man will für das Vergnügen dieser Umarmung. Er tummelt sich ordentlich, ins Netz zu kommen. In welch frommer Stimmung sie die Wallfahrt machen, das weiß Gott, und wurde das ganze ja nur aufgestellt, um den Jungen zu fangen, der immer um das Mädchen ist. Nach der Mahlzeit begibt sich die Mutter auf ihr Zimmer und lässt die Tochter rufen; sie muss vor allem wissen, welche Fortschritte sie gemacht hat. »Den ganzen Tag, liebe Mama, hat er nicht aufgehört, mich um meine Liebe zu bitten,« und nun erzählt sie alles genau, worauf die Mutter die Unterredung mit diesem Mahnwort also beschließt: »Vor allem: Antworte schlau. Sag ihm, dass man Dich verheiraten will, dass Du aber noch gar keine Lust dazu hättest. Und wenn er sich Dir zum Gatten anträgt, so sag danke, und dass Du mit mir darüber sprechen würdest, und dass er gerade der Mann sei, den Du lieben könntest.« Hierauf begibt sich alles in den Garten und ist fröhlich und guter Dinge, spielt und singt. Der Amant ist natürlich bei dem Fräulein und bricht los: »Ich bitte Sie bei allen Himmeln, haben Sie Mitleid mit mir!« – »Ich muss Sie bitten, davon nicht mehr zu sprechen oder ich muss Ihre Gesellschaft entbehren. Wollen Sie, dass ich meine Ehre verliere? Haben Sie nicht schon gehört, dass man mich verheiraten will?« – »Ich will gegen niemanden etwas sagen, aber ich meine, ich bin wohl so viel wert, mir Ihre Liebe zu verdienen, wie der, den Sie heiraten sollen.« – »Ach, ich möchte wohl, dass er Ihnen gleicht.« – »Wie danke ich Ihnen für dieses Wort! Nun weiß ich, dass Sie mir gut sind!« – »Ich werde darüber mit meiner Mutter und mit meinen Verwandten sprechen.« – »Wenn ich wüsste, dass sie mich anhören wollten, möchte ich wohl selber gern mit ihnen reden.« – »Ja, aber sagen Sie um Gottes willen nicht, dass Sie mit mir darüber gesprochen haben, es wäre mein Tod. – »Ich werd schon nicht.« Nun begibt er sich zur gnädigen Frau Mutter und spricht sehr ängstlich und voller Demut, denn er fürchtet, er würde ausgeschlagen. Heimlich und in aller Eile wird die Sache abgemacht, und der arme Mann ist ins Netz gegangen, worüber seine Eltern, die jetzt erst davon erfahren, ganz unglücklich sind, denn sie haben nicht das Beste über ihre Schwiegertochter sagen hören. Ohne viel Wesen wird eine stille Hochzeit gemacht, und in großer Eile, denn er drängt, und die Verwandten drängen, aus Angst, die Sache könnte zurückgehen. Man kann sich denken, dass die Mutter vor der Hochzeitsnacht ihre Tochter gehörig unterrichtet hat, wie sie ihren Mann erst abzuwehren habe, wie sie ihm entschlüpfen müsse und auf allerlei Arten tun, als ob sie noch eine Jungfrau wäre; und genau bringt sie ihr bei, wie sie einen großen Schrei ausstoßen müsse, wenn es so weit sei, einen Schrei wie ein Mensch, den man unvermutet bis unter die Achseln in eiskaltes Wasser schmeißt. Und die junge Frau spielt ihre Rolle vortrefflich, denn nichts ist so klug wie ein Weib in Liebesdingen. Bisher ist die Sache ganz gut abgelaufen über den Schmerz und Unwillen der Eltern des Mannes siegt die Liebe, nun, da die Dinge schon einmal geschehen sind. Aber nun kommt das Unglück: Die arme Frau kriegt nach drei oder vier Monaten ein Kind. Jetzt verwandeln sich alle Freuden in Bitternisse. Lässt sich der Mann scheiden, so hat er doch die Schande und kann nicht wieder heiraten. Und behält er sie, so wird er sie nicht mehr lieben und sie nicht ihn, und sie werden einander hassen um des Betruges willen. Er wird ihr ihn immer vorwerfen, sie vielleicht auch schlagen, und werden Unfriede und Streit die Wirtschaft führen. So bleibt er im Netz, aus dem er nie entkommen kann, lebt in Jammer und endigt seine Tage elendiglich.

Die zwölfte Freude der Ehe ist diese:

Ein junger Mann hat ein Weib gefunden, wie er es sich immer wünschte. Möglich, er hätte eine bessere finden können; aber daran dachte er nicht, denn er hält sein Weib für besser als alle andern und ist glücklich, dass Gott ihn gerade diese finden ließ, die er ohne Fehl achtet. Geht herum, prahlt und rühmt sich seiner klugen Wahl, was alles die Frau wohl merkt. Der Mann richtet alles so ein, wie es seine Frau haben will. Hat jemand ein Geschäft mit ihm, sagt er: Ich will mit meiner Frau darüber reden, oder: mit der Frau des Hauses; ist sie damit zufrieden, so ist er's auch; will sie nicht, dann will er auch nicht. Denn der Mann ist so gut abgerichtet, dass er blöd ist wie der Ochse vor dem Pflug. Ist er edlen Blutes und beruft ihn der König zum Heere, so wird er gehen, wenn seine Frau will. »Liebste, ich muss zum Heere«, sagt er. – »Du willst?« sagt die Frau, »willst Dich töten lassen? Und ich, und die Kinder?« Kurz: Wenn sie es nicht will, so geht er nicht; er wird sein Fernbleiben so gut es geht entschuldigen, bewahre seine Ehre wer mag. Er geht nun dorthin, wohin ihn seine Frau schickt. Zankt sie, spricht er kein Wort, wenn sie auch noch so unrecht hat; denn ihm kommt es immer vor, sein Weib hat recht und ist klug. Er würde auch alles mögliche Große und Gute tun, wenn es ihm seine Frau befiehlt, aber es hat auch die klügste Frau nicht so viel Verstand dafür, als ich Gold im Auge habe oder ein Pferd Hörner hat. Und der besten geht der Verstand schon in der Hälfte von dem aus, was sie sagen oder tun will; und ist sie nicht einmal so klug, dann denket, was der Mann zu erleiden hat, wie sie um jeder Kleinigkeit willen mit ihm Zank anhebt, wegen anderen Frauen, wegen seiner Gewohnheiten! Jetzt schickt sie ihn schlafen, wenn er noch aufbleiben möchte. Weckt ihn um Mitternacht und erinnert ihn an was, das er zu besorgen hat. Schickt ihn bei Hagel und Sturm über Land, wenn ihr gar nichts einfällt, nach dem Arzt, weil sie todkrank sei. Es kommt vor, dass ihr Liebhaber – des Mannes Freund – mit ihr sprechen und nicht warten will, also heimlich mitten in der Nacht kommt und sich irgendwo im Keller oder im Stall versteckt oder ganz hitzig ins Schlafzimmer eindringt, in dem der Mann schläft. Es gibt Frauen, die solcher Kühnheit ihrer Liebhaber nichts verweigern können und darob nur noch hitziger in Liebe zu ihnen entbrennen, und sollten sie auch daran zugrunde gehen. Kommt also so ein verliebter Kerl, wie ich sagte, des Nachts, so schlägt wohl der Hund an; aber die Frau sagt ihrem Mann, das seien die Ratten schuld, wie sie schon öfter gesehen habe. Und wenn der Mann das auch nicht glaubt, so denkt er doch, dass es seine Frau mit dem, was sie sage, nur gut für ihn meine. Was ist da noch zu sagen? Er darf die Kinder tragen, darf sie wiegen, und darf ihr am Sonntag beim Spinnen die Spindel halten.

Bricht Krieg aus, so zieht jeder Mann vom Lande nach den Städten und großen Plätzen. Aber er will seine Frau nicht allein lassen und kommt so in Gefangenschaft, ehe er sich's versieht, und muss ein großes Lösegeld zahlen. Oder er bringt sein Teil in Sicherheit und flüchtet, um der Gefangennahme zu entgehen, in ein festes Schloss; des Nachts macht er sich dann wohl einmal auf den Weg, stapft und stolpert durch Wälder und Sümpfe und öde Heide, um nach den Seinen zu sehen; empfängt ihn gleich sein Weib mit Zank und Geschrei und wirft ihm alles Übel und Ungemach vor, gerade so, als ob er nicht Frieden machen wolle zwischen dem König von Frankreich und dem von England, und erklärt: Da bleibe sie nicht mehr länger. So muss er Weib und Kind und Habe in Eile nach der Burg oder der Stadt befördern; was er dabei Mühe und Ärger hat, das weiß Gott. Ganz mager und krank wird er von allem Lärmen und Schimpfen: Denn die Frau weiß nichts anderes, als an ihm ihre Wut auszulassen, die ihr die Zeitläufte bereiten, und er weiß nichts anderes, als es ertragen. Und wagt er einmal Widerstand und gibt eine zornige Antwort, so gehen seine Leiden erst recht an und er ist nun erst recht der am End Besiegte und ärger noch Sklave denn zuvor. Ihr könnt euch denken, wie die Kinder aufwachsen, ohne Zucht und Sitte, denn der Vater darf ihnen nichts sagen und sie durften tun, was sie wollten; und alles, was sie taten, war immer gut, auch wenn sie im Spiel so aus Versehen ihm einen Stein an den Kopf warfen. Erst wenn er alt wird, lässt man ihn etwas in Ruhe, behandelt ihn etwa wie einen Knecht, der hinfällig und zu nichts mehr zu gebrauchen ist. Die Frau verheiratet die Töchter an Männer, die für die Untauglichkeit ihrer Frauen den Vater verantwortlich machen, den alten gichtbrüchigen Mann, der nun wohl weinen mag und doch ein Testament für seine Frau macht. So läuft sein Leben ab in Traurigkeit und endet seine Tage im Elend.

Die dreizehnte Freude der Ehe ist diese:

Einer ist so fünf oder sechs oder acht Jahre mit einer, wie er meint, klugen und vernünftigen Frau verheiratet und glaubt in allen Freuden zu schwimmen. Er ist von Adel, will Ehre und Ansehen erlangen und so auswärts Dienste suchen. Sagt das also seiner Frau, die ihm alsbald um den Hals fällt, ihn küsst und herzt und weinend anhebt: »Was? Du willst mich und Deine Kinder verlassen, Liebster? Und wissen nicht, ob wir uns je wiedersehen!« Und redet so Tag und Nacht, ihn von seinem Vorhaben abzubringen. »Liebe«, sagt er, »meine Ehre verlangt es, ich muss meinem König gehorchen, als Vasall und Untertan, anders verliere ich das Leben, das ich von ihm habe. Und so Gott will, bin ich bald wieder zurück.« So geht er nun zu der Armee ins Feld, wohl auch etwa über Meer, denn über eines Mannes Liebe und Herz für Kind und Weib steht ihm die Ehre. So nimmt er nun unter großer Betrübnis seines Weibes Abschied, das noch immer Worte weiß, die ihn halten sollen. Aber seine Ehre ist ihm mehr und kann ihn nichts halten, wie ich es sagte. Es gibt aber auch viele, die, wenn es darauf ankommt, Vaterland und Besitztum zu verteidigen, sich nicht entschließen können, sich von ihren Weibern zu trennen auf weiter denn zehn oder zwölf Meilen, und muss es da schon arg hergehen, dass sie es so weit bringen. Solche sind für den ganzen Adel eine große Schmach und Schande, sind Feiglinge und verdienten es, dass sie aus aller guter Gesellschaft ausgeschlossen und Namen und Privileg eines Edelmannes verlustig erklärt würden. Wer sagt, solche Leute seien adelig, versteht nichts von der Sache, denn dass es ihre Väter waren, das ist nicht genug.

Unser Edelmann verlässt also die Heimat und empfiehlt sein geliebtes Weib und seine Kinder, die er nach seiner Ehre am meisten liebt, seinem besten Freunde. Er gerät in Gefangenschaft oder bleibt sonst aus einem Grunde drei oder vier oder mehr Jahre aus. Erst ist sein

Weib in großem Schmerz, und als das Gerücht geht, er sei gestorben, weiß sie ihrem Kummer und Betrübnis kein Ende. Aber sie kann nicht immer weinen; sie beruhigt sich und heiratet einen andern, an dem sie ihr Gefallen hat und darüber den ersten Mann vergisst, der sie doch so liebte. Und die Liebe zu ihren Kindern ist hin, und vergessen sind die Küsse und Schwüre und alles. Und wer sie mit ihrem zweiten Mann sich gehaben sieht, möchte sagen, dass sie ihn mehr liebe als je den andern, der in Gefangenschaft lebt für seine Tapferkeit. Die Kinder, die ihr erster Mann so liebte, werden vernachlässigt; man bekümmert sich nicht um sie und tut jedes, was es will. Das neue Ehepaar lebt in allen Freuden. Nun geschiehts, dass der Mann aus der Gefangenschaft freikommt, in der es ihm wahrlich nicht gut ergangen während all der Jahre, und er sich nach Weib und Kindern unaufhörlich gesehnt hat, oft in Angst, dass sie etwa gar gestorben seien oder in Dürftigkeit lebten. Und so, während seine Frau eine gute Zeit hatte und dem andern im Arme lag. Nun hört er, sie habe sich verheiratet. Denket, was er wohl leiden muss bei solchem Hören! Und das Gerücht wird Wahrheit, da er heimkommt. Ist er ein ehrenhafter Mann, wird er das Weib nicht wieder haben wollen und der andere, der sie in seiner Abwesenheit genommen, wird sie verlassen. So hat sie ihre Ehre verloren und wird in die Tiefe fallen, und der Mann wird ewig den Schmerz haben. Und auch die Kinder sind durch den Fehler ihrer Mutter in Schande gekommen.

Oft geschieht es, dass der Mann auf das eitle Zureden seiner Frau ins Feld zieht, und kann es da leicht kommen, dass er überwunden wird und sein Leben lässt, denn der Sieg fragt nicht nach Recht und Unrecht. Und Stolz und Eitelkeit der Frau ist oft schuld daran, dass der Mann sich mit einem einlässt, der ihm an Macht und Stärke und Geschicklichkeit überlegen ist und er also im Zweikampf unterliegt. Der Grund solches Zweikampfes ist oft gar geringfügig und bekommt nur durch das eitle und törichte Reden der Weiber ein gewichtiges Ansehen. Einer will es an Pracht und Aufwand dem andern vortun, woran niemand anderer schuld ist als die Weiber und worüber Freundschaften zu Feindschaften werden und Hab und Gut zugrunde gehen und nur Dürftigkeit und Armut bleiben.

Die Eheleute, mit denen es dahin gekommen ist, sind fest im Netz gefangen und würden sich wohl nicht so sehr hineingedrängt haben, hätten sie das Ende vermuten können. Sie dachten, es sei gar lustig darin zu leben und fanden das Gegenteil. So bringen sie ihr Leben unter Leiden hin und enden es im Elend.

Die vierzehnte Freude der Ehe ist diese:

Ein junger Mensch hat sich alle Mühe gegeben, ins Netz zu kommen und hat darin eine schöne junge Frau gefunden, süß und lieblich; und lebten in großen Freuden und Lüsten zwei, drei Jahre und taten nichts, was einander nicht gefallen hatte, taten einander alles Vergnügen und küssten sich wie zwei Täubchen. Denn sie sind beide wie Eines, und hat die Natur sie durch die Sinnigkeit ihrer Kraft so füreinander gemacht, dass, wenn einer was Unangenehmes empfindet, auch der andere es spürt. Beide sind sie in ihrer schönsten Jugend. Und da stirbt das Weib, und der Mann ist in solchem

Schmerze wie keiner denken kann. So veränderlich ist das Glück; denn es ist auch gegen alle Vernunft, dass Leute, die im Gefängnis sind, nach ihrem Vergnügen leben; wäre es so, so wär es kein Gefängnis. Der junge Mann fällt in Verzweiflung; jetzt klagt er Gott und den Tod an, jetzt das Schicksal, das ungerecht gegen ihn gewesen sei, da es ihm alle Freude geraubt habe, und ich denke, dies ist der größte Schmerz auf der Welt: der um das Schicksal.

So lebt er eine Zeit in Kummer und Schwermut, sucht die Einsamkeit und meidet alle Gesellschaft, denkt an nichts sonst als an das, was er verloren und immer schwebt vor ihm das Bild der Frau, die er so sehr geliebt hat. Aber es ist nichts, was nicht vorüberginge. Hat er als guter Mann Freunde in der Stadt oder auf dem Lande, so werden sie versuchen, ihn zu einer neuen Heirat zu bewegen, und so heiratet er ein Weib, das in allem das Gegenteil seiner ersten Frau ist. Sie ist eine Witwe, nicht mehr ganz jung, so zwischen zwei Altern. Sie versteht viele Dinge und hat von ihrem ersten Manne vornehmlich dieses gelernt, wie den zweiten regieren. Sie geht dabei ganz klug und vorsichtig zu Werk, dass man erst ihre Bosheit gar nicht merkt. Aber so wie sie sieht, welch einfacher Art ihr Mann ist, so weiß sie, was sie zu tun hat und fängt an, ihr Gift zu spritzen. Nun gibt sie sich alles Recht und Ansehen der häuslichen Herrschaft, und der Mann erfährt alle Leiden und Martern. Denn es ist wohl keine Knechtschaft so groß, wie die eines jungen, einfachen und freimütigen Mannes unter einer Witwe, und wie groß erst, wenn diese Witwe ein schlechtes, abgefeimtes Weib ist. Wer mit einem solchen bösen Laster geschlagen ist, dem bleibt nichts sonst als Gott zu bitten, dass er ihm Geduld gebe, es zu ertragen und auszuhalten, und ist einem zahnlosen alten Ochsen gleich, der in einem Kappzaum liegt und an einer dicken Eisenkette mit einem schweren Balken daran: Er kann nichts sonst als brüllen, und so oft er brüllt, bekommt er eins übergezogen.

Ist dieser Mann noch sehr jung, so wird sein Weib sicher eifersüchtig sein, denn dies zarte und junge Fleisch des Mannes macht sie beständig geil und neidisch darauf und möchte sie es so immer in den Armen haben und die Lust spüren. Sie gleicht einem Fisch in einem stehenden, von der Hitze faul gewordenen Wasser: Er schaut in ein andres zu kommen, das frisch ist. Also macht es die Frau in einem gewissen Alter: Schaut aus nach einem jungen Menschen und jungem Fleisch, dass sie sich darin auffrische. Und Ihr wisst doch, dass einem jungen Manne nichts so sehr missfällt wie ein altes Weib, und wisst, wie seiner Gesundheit nichts mehr schadet. Wie einer, der einen nach dem Fass schmeckenden Wein trinkt, dies nur tut aus großem Durst, und wenn er getrunken hat, einen gar üblen Geschmack davon behält und nie mehr von solchem Wein trinken wird, also ist es mit einem jungen Mann, der ein altes Weib geheuert hat: Er mag sie und kann sie nicht lieben, so wenig wie ein junges Weib einen alten Mann.

Es gibt da auch welche Junge, die aus Geiz ein altes Weib heiraten und sind die nicht klug, die solches tun. Aber noch viel dümmer ist der alte Kerl, der sich wie ein Junge stellt und ein junges Weib zur Ehe nimmt. Seh ich so was, so lach ich darüber, indem ich das Ende solchen

Hausens bedenke. Das muss schon ein großer Zufall sein, dass ein junges Weib mit dem zufrieden ist, was ein alter Mann ihr tut. Wie soll die junge, zärtliche, süßatmende Frau einen alten Mann ertragen, der die ganze Nacht durch hustet und jammert und keucht und spuckt und aus dem Munde stinkt – ein Wunder, wenn sie sich darüber nicht umbringt. Und solche zwei kommen nie mit ihrer Lust zusammen, denn sie sind immer einander entgegen. Was der eine will, das ist dem andern nicht angenehm und ist es; als ob man eine Katze und einen Hund in einen Sack steckt: Da wird ein beständiges Raufen sein. Und da so keine Eintracht ist zwischen solchen Eheleuten, sucht jedes das Vergnügen auf seinem Weg und verschwendet Hab und Gut und gerät in Armut.

Oft hat man es gesehen, wie solche alte Leute eifersüchtiger sind als irgend andere, eifersüchtiger und geiler: denn das Bedürfnis spüren sie immer noch und sind so mehr besessen davon, je unvermögender und älter sie werden. Wenn die jungen Herren so ein junges hübsches Weib sehen, das an einen alten Mann oder an einen Narren verheiratet ist, so werfen sie gleich ihre Angel aus, um es zu fangen und haben sich da nur selten betrogen: Denn sie wissen ganz gut, dass das junge Weib leichter zu fangen ist als ein anderes, das einen jungen, kräftigen Mann hat.

Nimmt aber ein altes Weib einen jungen Mann, so tut es der nur aus Geiz und Habsucht um des Geldes willen und wird sie nie lieben. Schläge wird sie von ihm bekommen und das Geld wird er mit andern Weibern vertun, und Armut wird das Ende sein. Und müsst noch wissen, dass das Schlafen mit einem alten Weibe dem jungen Mann das Leben kürzet, wie Hypokrates sagt: *Non vetulum novi, cur moriar?* Und eifersüchtig und liebestoll sind diese alten Vetteln, dass sie darüber oft ganz närrisch werden. Der Mann mag hingehen, wo er will, sei es auch nur in die Kirche, die Alte wird ihn immer in Verdacht haben, er gehe auf unrechten Wegen. Gott weiß, was er Leiden und Martern von ihr ertragen muss! Nie wird ein junges Weib ob so törichter Dinge eifersüchtig sein und kann, wenn sie mag, leicht gleiches mit gleichem vergelten. Aber einer, der mit einer Alten verheiratet ist, darf es nicht wagen, mit einer andern Frau zu sprechen, muss immer um seine Alte herum sein, und wird mit ihr in einem Jahr älter werden als mit einem jungen Weibe in zehn. Ausdörren tut ihn die Alte bis aufs Mark und aussaugen alle seine Säfte, und er hat ein Leben voll Ärger und Leid und endet es im Elend.

Die fünfzehnte Freude der Ehe,

die ich – den Tod ausgenommen – für die größte halte, ist aber diese: Es ist einer lange um das lustige Netz herumgeschwommen, den Eingang zu finden und fand nun ein munter wollüstiges Weib und genießt mit ihr alle Freuden eine lange Weile, wie sie das Weib schon vor ihm genossen mit andern und noch mit andern genießt, da sie in der Ehe ist. Spät erst merkt das der Mann und gerät in großen Zorn. Aber Ihr wisst, dass die Frau auch dann nicht aufhört, und ginge es ums Leben.

Der Mann hat seinen Bettgenossen zufällig oder weil er sich auf die Lauer gelegt hat, ins Haus gehen sehen. Die Wut schnürt ihm das Herz zusammen. Ganz von Sinnen stürzt er in das Gemach, in dem die beiden zärtlich beieinander sind. Der also überraschte Galan ist sprachlos und rührt sich nicht. Der Mann will ihm den Degen durch den Leib rennen, da wirft sich ihm die Frau an den Hals und küsst ihn und ruft: »Um Gottes willen, tut keine böse Tat, Mann!« Und da springt auch schon der Liebhaber auf die Beine und macht sich davon, und der Mann läuft ihm nach, denn sein Weib zu töten hat er erst keine Lust. Aber der Galan entwischt, und der Mann läuft wieder zurück, um sein Weib zu finden, es zu prügeln, oder umzubringen, womit er ein gar Übles täte, denn er kam gerade zur rechten Zeit dazwischen und war vielleicht zwischen den beiden noch nichts geschehen.

Die Frau hat sich aber inzwischen zu ihrer Schwester oder Mutter begeben und stellt sich da unschuldig wie ein Engel. Erzählt der Mutter alles, was vorgefallen, sagt natürlich, dass der Galan nur aus Zufall gekommen, und dass gar nichts zwischen ihnen sei und dass der Mann sie im Zwiegespräch getroffen habe; nichts weiter sei gewesen, als dass sie miteinander geredet hätten. Fragt die Mutter: »Sag mir zum Teufel, ob Du was mit ihm hast?« – »Es ist ja wahr, er hat zwei-, dreimal davon gesprochen, aber ich hab es ihm immer abgeschlagen. Es war wirklich nichts weiter, als dass er mich besuchte und mit mir sprach, und ich sagte ihm, er solle gehen.« Und fängt an zu schwören, dass sie ihn lieber am hellen Galgen sehen möchte, als mit ihm ein Verhältnis haben, oder: Sie beichtet die ganze Geschichte. Denn die Mutter, die sich darin wohl auskennt, sagt: »Das war schon nicht ganz so, Liebe. Wie kann einer in Dein Zimmer kommen, wenn du es ihm nicht vorerlaubt hast! Sag mir ehrlich die ganze Sache, damit ich Dir raten und helfen kann.« Da schlägt die Tochter den Blick nieder und wird rot. »Ich sehe schon, wie es steht«, sagt die Mutter, »also erzähl.« – »Bei meiner armen Seele, Mutter, seit zwei Jahren verfolgt mich der schlechte Mensch mit Bitten und ich hab ihm immer abgeschlagen, bis er einmal, als mein Mann auswärts war, ins Haus kam, ich weiß selbst nicht wie, denn die Tür war fest verschlossen, und mir Gewalt antat. Ich wehrte mich wohl die halbe Nacht lang, dass mir schier der Atem verging, aber Ihr wisst wohl, Mutter, dass da ein schwaches Weib allein nichts gegen vermag.« – »Weiß ich, bei allen Teufeln, Kind- chen, aber ich rate Dir, sei klüger und lass den Burschen nicht mehr ein.« – »Ja, Mutter, das will ich ihm sicher sagen lassen, denn ich weiß, dass er jetzt sehr um mich besorgt ist, weil er glaubt, dass mein Mann mich umge- bracht hat; und er ist verliebter Narr genug, dass er nachschauen kommt, ob ich tot oder lebendig bin.« – »Ich wundere mich nur, dass Dein Mann nicht Dich und ihn erwürgt hat.« – »Jesus Maria! Mutter, wenn ich mei- nen Mann nicht aufgehalten hätte, wäre der arme Junge jetzt eine Leiche.« – »Das war brav von Dir, Töchterchen; denn ein junger Schelm, der im Dienst einer Geliebten sein Leben wagt so Tag wie Nacht, der verdient es, dass man eher für ihn stirbt, als dass man ihn verriete.« – »Ach, Mutter, wenn Du wüsstest, was ein prächtiger Junge es ist! Bei Regen und Frost wartet er in unserm Garten die halbe Nacht, und geht es dann endlich, dass ich zu ihm kann, so ist er fast erfroren, der arme Kerl, und macht sich nichts daraus.« – »Ich hab mich immer schon gewundert, weshalb er gegen mich so höflich ist, mir in der Kirche das Weihwasser reicht und überall, wo ich ihn treffe, voller Aufmerksamkeit zu mir ist.« – »Ja, Mutter, er hat Dich sehr gern.« – »Also ich will schauen, die Sache wieder ins Gleis zu bringen,« und ruft ein Kammermädchen: »Geh zu meinen Freundinnen«, befiehlt sie, »ich ließe sie bitten, zu mir zu kommen, ich hatte was Wichtiges mit ihnen zu reden.« Das Mädchen richtet die Botschaft aus, und die Freundinnen kommen, setzen sich um das Kamin, wenn es Winter ist und im Sommer in die grüne Laube. Da wird erst kein Pater und kein Ave gesprochen und fängt eine gleich an: »Was macht Ihre Tochter ein so trübseliges Gesicht, liebe Gevatterin?« – »Ja, da ist ihr eine dumme Geschichte passiert, und deshalb hab ich Sie hergebeten.« Und erzählt ihnen hierauf alles, nicht immer genau so, wie es war, oft aber auch die ganze Wahrheit und dies immer, wenn unter den Gevatterinnen welche sind, die einmal in einem gleichen Falle sich befanden und so guten Rat geben können; und die andern, bei denen es nicht soweit kam, weil sie es vorsichtiger angefangen hatten, und es Gott sei gedankt keinen Skandal gab, wissen doch genau, wie wichtig diese Dinge sind und was sie dazu zu sagen haben. Gibt also jede ihre Meinung ab und wie sie es im gleichen Falle getan haben oder tun würden. Es ist eine gar herrliche Ratsversammlung. Es wird erzählt und bewiesen, repliziert und aufs Neue bewiesen, und alle versuchen, das arme treulose Weib aus dem Übel zu bringen, das ihm widerfahren. Nach vielen Sitzungen, die nicht ohne gut Essen und Trinken vor sich gehen, ist das Resultat dieses, dass der arme betrogene Mann die Zeche bezahlen muss.

Und nachdem sie über das Vorgehen ins Klare gekommen sind, reden sie noch manches zu der jungen Frau. Sagt die eine: »Ich möcht nicht eine so schlechte Nacht haben, wie sie heute der Mann hat.« – Die andere: »Ich möcht ihn wohl gern sehen, was er jetzt für ein Gesicht macht.« – Eine dritte: »Und mir, wie mir so was ähnliches damals passiert ist und mir mein Mann damit kam, da gab ich ihm's heraus, so wahr mir Gott helfe! Drei Monate lang konnte er weder essen noch schlafen und drehte sich im Bett und seufzte, während ich in die Bettdecke beißen musste, um nicht laut herauszulachen.« – »Mir tut nur der arme Junge leid,« sagt eine andere, »was muss der jetzt für einen Kummer ausstehen!« – »Denken Sie mal,« sagt da die Mutter, »der unglückliche Mensch ist schon zweimal da am Haus vorbeigeschlichen, aber ich hab ihm sagen lassen, er soll sehen, dass er verschwindet.« – »Und gerade«, beginnt die Kammerjungfer, »hab ich beim Brunnen mit ihm gesprochen. Er hat mir diese große Pastete für Sie gegeben und gesagt, morgen schicke er den Damen eine Torte, und empfehle sich der ganzen Gesellschaft auf das Beste.« – »Er tut mir wirklich leid,« seufzt eine, und die andere: »Wir wollen, bevor wir gehen, die Pastete essen, ihm zuliebe.« – »Bei der Jungfrau,« ruft eine, »ich wollte, er wäre da bei uns!« – »Wie würde sich der freuen!« schreit die Kammerjungfer auf, »er ist blass und elend wie der Tod.« – »Wollen wir ihn nicht holen lassen, Gevatterin?« – »Meinetwegen,« sagt die Mutter, »aber führe ihn durch die Hintertür.« Und er kommt, man rauft sich ordentlich um ihn aus Mitleid, und er muss mitten unter ihnen Platz nehmen. Dann schickt man nach der

Magd des betrogenen Gatten, die um alles weiß und für ein geschenktes Kleid alles erzählt. »Jetzt erzähl, was macht der Herr für ein Gesicht?« – »Gesicht?« fragt die Magd, »seit gestern Morgen, wo das Unglück passiert ist, trinkt er nicht und isst nicht und geht nicht zu Bett. Heute Mittag setzte er sich zu Tisch, aber das Fleisch hat er nicht angerührt; einen Bissen spie er wieder aus, weil er ihn nicht schlucken konnte. Dann saß er am Tisch ganz in Gedanken, bleich und verstört wie ein Toter. Dann nahm er sein Brotmesser, stieß es in den Tisch und ging in den Garten, aber gleich kam er wieder, kommt und geht so und weiß nicht weshalb, und Tag und Nacht ist es ein Stöhnen, dass er einem schier leidtut.« – »Mein Gott,« sagt eine da, »er wird, so es Gott will, schon wieder froh werden. Man hat schon andere an derselben Krankheit krank gesehen und sind wieder ganz gesund geworden. Aber an dem Ganzen bist Du schuld,« wendet sie sich an die Magd, »hättest Du besser Deine Pflicht getan und Wache gehalten, denn Deine Herrin glaubte sich auf Dich verlassen zu können.« – »Beim Sakrament,« schwört die Magd, »ich wusste nicht, dass er um die Stunde heimkommen würde, um dass Gott ihn darob verfluche!« – »Amen, Amen,« sagt die ganze Gesellschaft.

Also machen sie sich über den armen Mann lustig und beraten dann, welche als erste zu ihm gehen und mit ihm reden solle, der in seinem Hause wie ein zum Gehängtwerden Verurteilter sitzt. Und eine oder zwei, die sich mit ihm am besten stehen, machen sich auf, und fragt die eine beim Eintreten: »Was treibt Ihr, lieber Gevatter?« – Und er aber redet kein Wort und lässt sie bis zu sich kommen. Sagt die andere: »Herrgott, macht Ihr ein Gesicht, Gevatter!« – »Ich hab kein anderes. Was soll's?« – Sagt eine: »Das ist wahrhaftig nicht recht von Euch. Meine Gevatterin, Eurer Frau Mutter, hat mir da was gesagt, was mir gar nicht gefallen will. Ich schwör's Euch, Ihr seid nicht klug, wenn Ihr solchen Unsinn glaubt. Bei meiner armen Seele und so wahr ich einmal sterben muss, schwör ich Euch, dass Eure Frau nicht mit Willen und überhaupt nicht gefehlt hat.« Nun beginnt sofort die andere: »Bei unserer lieben Frau von Puy, ich kenne Eure Frau, wie sie noch so klein war, das beste Mädchen im ganzen Land war sie. Es ist eine Sünde, dass man sie Euch zum Weib gegeben hat, denn Ihr habt sie ohne Grund in schlechtes Gerede gebracht und könnt ihr das nie mehr wieder gutmachen.« – »Wenn ich was sagen darf,« fängt nun die Kammermagd an, »ich weiß ja nicht, was der gnädige Herr gedacht noch gefunden hat: Aber ich hab an meiner Gnädigen nie nichts Unrechtes gesehen und hab ihr zeitlebens ehrlich gedient, und es müsst schon was sehr Großes sein, das ich nicht wüsste.« – »Aber ich seh sie doch noch vor mir!« sagt der Mann. – »Und was dabei?« fängt die Gevatterin an; »wenn zwei Leute beieinander sind, muss man doch nicht gleich an so was Schlechtes denken.« – »Ich weiß ja,« erzählt nun wieder das Kammermädchen, »dass der schlechte Kerl darauf aus war, aber es ist keiner auf Erden, dem die Gnädige soviel Schlechtes wünschte als dem. Ich weiß wahrhaftig nicht, wie er ins Haus kam, in dem er, beim Paradies, noch nie einen Schritt gesetzt hat, – lieber säh ihn die Gnädige am Galgen. Ich bin seit vier Jahren in Ihren Diensten und bin ehrlich, so arm ich auch bin: Aber ich schwöre bei den heiligen Reliquien unserer Stadt, dass die gnädige Frau eine brave, unschuldige Frau ist wie nur irgendeine. Und wie sollte sie was tun, das ich nicht wüsste, wo ich doch nicht von ihrer Seite gekommen bin! Wollte Gott, ich wäre so frei von allen Sünden, die ich je beging, wie die Gnädige frei von dieser Sünde ist. Und hat mich keiner geküsst als der, der mein Mann wurde, Gott hab ihn selig, und ich fürcht mich nicht vor den Männern.« Inzwischen kamen auch die anderen Freundinnen, eine nach der andern, und ist keine, die nicht sehr vernünftige Sachen sagt. »Beim heiligen Sakrament«, schwört eine, »ich hab Euch doch wie niemand auf der Welt lieb, nach Eurer Frau, und schwör Euch, ich würde es Euch ohne Weiteres sagen, wenn da so etwas mit Eurer Ehliebsten wäre.« – »Der Teufel hat Euch den Streich gespielt,« sagt die andere, »weil er Euch sonst nichts anhaben konnte.« – »Und das arme Weib stirbt vor Kummer«, bemerkt die dritte. – »Und glaubt Ihr denn,« fragt eine, »dass wir sie, wenn sie wirklich eine solche wäre, unter uns duldeten, mit ihr verkehrten und durch unsere Stadt gingen?« – Nun kommt heulend die Mutter, läuft auf den Mann zu und tut, als wollte sie ihm die Augen auskratzen: »Verflucht sei die Stunde, da ich Euch mein unglückliches Kind gab, denn Ihr habt meiner Tochter und mir die Ehre geraubt! Einen Edelmann hätte sie haben können, jawohl einen Edelmann, und lebte jetzt in hohen Ehren, aber dumm war sie und wollte Euch und keinen andern, das unglückliche Kind! Und das ist der Dank dafür!« – »Regt Euch nicht so auf, Liebe,« beruhigen die Freundinnen. – »Ach, meine lieben Freundinnen, wenn meine

Tochter wirklich einen Fehltritt begangen hätte, mit diesen meinen Händen würde ich sie erdrosseln. Aber soll ich es ruhig mit ansehen, wie mein Kind ohne Ursache beschimpft wird? Das kann ihr niemals wieder gutgemacht werden.«

Nun schimpfen die Weiber alle auf einmal. Der arme Mensch weiß nicht, was denken noch sagen; aber im Grunde freut er sich, dass die Sache ein so gutes Ende nimmt. Die Mutter geht ab ohne ein Wort, die Gevatterinnen nehmen gar süßen Abschied, und dass er sich über den Zorn der Mutter nicht wundern dürfe. Und versprechen ihm, alles zu tun, dass sein Weib wieder zu ihm zurückkehre. Kaum sind sie fort, erscheint ein Bruder Franziskaner oder Kapuziner, sein und seiner Frau Beichtvater, der schon von dem ganzen Spektakel unterrichtet ist und gegen ein Almosen von beiden Teilen die Sache schon wieder einzurichten versprochen hat. Der Vater hebt an: »Ich bin sehr verwundert über das, was man mir berichtet hat. Ich muss Euch wahrhaftig ob Eures Verhaltens tadeln, geliebtes Beichtkind. Ich schwöre Euch beim heiligen Dominikus oder beim heiligen Augustin, ich kenne Eure Frau nun an die zehn Jahre und nehme es auf mein Gewissen, dass sie eine der tugendhaftesten Frauen im Lande ist. Und ich muss das wissen, denn sie ist mein Beichtkind, das ich des öftern schon eingehend darüber ausgeholt habe, und nie habe ich das geringste Fehl an ihrem Leibe bemerkt, wofür ich meine Seele verpfände.« Nun ist der Arme gänzlich überwunden. Es tut ihm viel leid, dass er so töricht war und glaubt sicher, dass er sein Weib nicht mit dem Galan überrascht hat. Nun ist noch zu wissen nötig, welche

Vorteile der Mann von der Versöhnung mit seiner Frau hat: Er wird von nun ab mehr ihr Sklave sein als je; die Frau, die er so ins Gerede gebracht hat, wird gar keine Scham mehr haben, denn nun weiß sie, dass jeder darum weiß und deshalb keiner sich mehr darum kümmert. Und Mutter, Freundinnen und Gevatterinnen werden ihr dabei helfen, wie sie ihr dabei geholfen haben, dein hartmäuligen Mann den Zaum anzulegen. Und dann ist auch der Galan nicht übel, der immer Pasteten und Torten schickt, die man sich gut schmecken lässt. Und alles das zahlt der gute arme Mann, der kein Wort mehr sagt. Wie sollte er auch glauben, dass sich alle die Weiber gegen ihn verschworen haben? Das Kammermädchen, das so trefflich an dem Frieden gearbeitet hat, macht eine so große Dame wie ihre Herrin, lässt sich von ihren Liebhabern besuchen, und die Herrin hilft ihr dabei.

Und so ist der Mann ins Netz verwickelt, und er mag tun was er will und sein, wie er will, sein Weib wird den dummen Übertölpelten nicht mehr lieben mögen. Er wird alt und arm, wie es das Spiel so will. Bringt sein Leben hin in Pein, in Leid und Klage und wird elend seine Tage beschließen.

Damit schließen die fünfzehn Freuden der Ehe,

die ich Freuden nenne, da jene, die verheiratet sind, von obgenannten Dingen keine Kenntnis haben können und sie, wie es scheint, für Glück und Seligkeit halten, denn sie möchten es um nichts anders haben. Ich aber halte diese Dinge für die größesten Übel, so auf Erden sein können. Und wenn die Frauen sich beklagen, dass ich diese Dinge, die ich für die größesten Übel für Männer wie Weiber halte, aufgeschrieben habe, so mögen sie mir das in Gnaden verzeihen: Ich hab sie nicht verleumdet, denn alles ist zu ihrem Lob und Preis.

Und wenn auch im Allgemeinen die erwähnten Übel auf den Mann fallen, so hab ich doch nicht gesagt und wollte ich nicht sagen, dass alle diese Freuden jedem Ehemann zuteilwerden. Aber eine zum Mindesten erfährt ein jeder, er mag sein, wie er will. Was beweist, dass, wer sich ohne Zaudern in solche Knechtschaft begibt, einen gar eigensinnigen Willen haben muss.

Trotzdem möchte ich nicht sagen, man solle nicht heiraten: Aber ich halte solche Dummheit weder für Freude noch für Glück. Gibt welche, die glauben, der Dummheit nicht zu verfallen und machen sich lustig über die andern und treiben ihren Spaß mit ihnen. Aber die sind verheiratet noch viel besser besorgt und strammer aufgezäumt als die andern. Drum soll sich keiner über den andern lustig machen, denn es ist keine Ausnahme. Jeder meint für sich, er sei ausgezeichnet und gebenedeit vor den andern, und je mehr er das glaubt, desto besser ist er gefangen. Ich weiß nicht, was es ist – es will es wohl das Spiel des Zufalls so.

Wenn mich nun einer nach dem Heilmittel fragte, so tät ich die Antwort, dass es ein solches schon gäbe, wenn es auch schwierig sei. Es gibt eines – mehr will ich davon nicht sagen, es sei denn, es kommt einer zu mir und fragt es von meinem Munde. Aber aufschreiben will ich es nicht, denn die Frauen und Jungfrauen wüssten mir dafür schlechten Dank. Und ich habe doch alles, wie ich schon sagte, zum Lobe der Frauen geschrieben, und wer es richtig versteht, der wird es auch so lesen. Hab ich dieses Buch doch auf Verlangen gewisser Fräulein verfasst, die mich darum baten. Und sollten sie nicht damit zufrieden sein und verlangten sie, ich sollte mir die Mühe machen, gegen die Männer zu schreiben, wie sie es erwarten konnten – gut, ich bin bereit, ich weiß genug von den Übeln, die die Männer den Frauen bereiten, besonders mit ihrer gemeinen Stärke, die sie unvernünftig gegen die von Natur Schwachen und Widerstandslosen gebrauchen, gegen die armen Weiber, die doch nichts sonst wollen als gehorchen und dienen, ohne das sie weder zu leben wissen, noch leben können.

Die sechzehnte Freude der Ehe

Eine Satire auf die fünfzehn Freuden der Ehe von einem unbekannten Verfasser des siebzehnten Jahrhunderts

Nachdem ich das vorliegende Buch »Die fünfzehn Freuden der Ehe« wiederholt aufmerksam gelesen und mich dabei mancher darin nicht erwähnten Verdrießlichkeiten und Missgeschicke erinnert hatte, die ich viele meiner klugen Freunde, welche in den Fesseln der Ehe leben, erdulden sah, kam es mir in den Sinn, dass es wohl nützlich wäre, dem genannten Buche einige neue Kapitel hinzuzufügen. Indem ich der Sache auf den Grund ging, fing damit an, diejenigen Fälle aufzuzählen, die recht erbärmlich und dabei würdig waren, zur Belehrung der Künftigen mitgeteilt zu werden; aber der Stoff mehrte sich derart und nahm so ungeheure Dimensionen an, dass ich, um Tinte und Papier zu sparen, diese

Arbeit aufgab. Auch fiel mir ein, dass ich auf diese Weise wenig ausrichten würde, weil niemand dem ihm bestimmten Schicksal zu entgehen vermag; und diejenigen, denen es bestimmt ist, den Netzen der Ehe zu verfallen, werden nicht davon abstehen können, was immer man ihnen sagen möge. Und indem ich das erwog, reute mich meine Absicht und ich begann vielmehr, ungeachtet meiner persönlichen Auffassung, nach Trost und Stärkung für sie zu suchen.

Als erstes fiel mir ein, dass es ein guter Trost für diese armen Gefangenen, die in den Netzen der Ehe verstrickt sind, sein müsse, daran erinnert zu werden, dass sie nicht allein leiden, sondern, im Gegenteil, zahlreiche Schicksalsgenossen haben. Denn das Weib ist in seinem Willen, Übles zu tun, so vollkommen und so reich begabt, dass ein Vergleich mit den Frauen der anderen genügt, um einem jeden über das eigene Unglück hinwegzuhelfen; keine Frau ist so schlecht und entartet, dass sie es nicht noch mehr sein könnte: Dies möge den unglücklichen Ehemännern zum Troste dienen.

Als ich mich nun selbst so voll Mitleid sah für alle, die in Eheketten schmachten, entschloss ich mich, zu ihrer Aufmunterung die Schmerzen und Qualen derjenigen niederzuschreiben, die wohl nicht im Netze zappeln, weil sie den richtigen Eingang nicht gefunden haben, die jedoch seinen Gefahren trotzdem nicht entrinnen können. Darüber will ich in dieser Sechzehnten Freude berichten.

Die sechzehnte Freude der Ehe ist diese.

Der junge Mann beobachtet seine Kameraden, wie sie um das Netz herumtanzen, solange den Eingang suchen, bis sie ihn finden und dann mit großer Hast hineinstürmen, um ja allen anderen zuvorzukommen. Und er, der klug und weise ist, sieht alle die Qualen und Erbärmlichkeiten, die dort herrschen, und erkennt sie natürlich auch besser als die armen Gefangenen. Denn eine junge Frau hat immer die Neigung, vielerlei kennenzulernen und zu erproben, und wird lieber bei einem jungen Mann, der noch sanft, witzig und geduldig ist, in die Schule gehen als bei einem unfreundlichen Gatten, der nur an sein Geschäft und seinen Verdienst denkt. Die Ehemänner hingegen halten ihre Frauen für viel zu einfältig und beschränkt und glauben, dass es gar nicht ihre Sache sei, ihnen allerlei Geheimnisse und verborgene Dinge aufzudecken, was sehr zu tadeln ist, weil die Frauen dann aus Unwissenheit die kostbarsten Gaben der Natur unbeschäftigt und ungenutzt lassen. Daher kommt es, dass die armen Unschuldigen sich anderweitig umsehen müssen, und sicherlich leicht jemanden finden, der sie über alles aufklärt. – Dann aber gibt es auch Ehemänner von ganz anderer Gemütsart, die in der ersten Zeit ihrer Ehe sich die größte Mühe geben, ihre Frauen in diese Geheimnisse und Mysterien einzuweihen, was auch wieder unbedacht ist: Denn binnen Kurzem müssen sie infolge der Ermüdung durch Arbeit und der Beschränktheit der menschlichen Natur die köstlichen Übungen der ersten Tage aufgeben, zum größten Missvergnügen ihrer jungen Schülerin, die daran Ergötzen gefunden und in der angewandten Zeit viel Wissen geschöpft hat. Sie wird nun Gelegenheit suchen, mit irgendeinem jungen Mann, der Herr seiner Zeit und seiner Kraft ist, das mit ihrem Gatten begonnene Spiel fortzusetzen.

Auf diese Weise wird der junge Mann im Stillen, aber gründlich über mancherlei Dinge unterrichtet, welche demjenigen, den sie betreffen, unbekannt bleiben; und diese Dinge scheinen ihm schlecht zu einer Ehe zu passen, weshalb er im Herzen oft den armen Ehemann beklagt. Doch weil er edel und hochherzig ist, gibt er nach und bemüht sich aufs Beste, dessen Pflichten zu erfüllen, aber unter keiner Bedingung wünscht er mit gleichem vergolten zu werden. Da er nur ein sicheres Mittel kennt, dieser Gefahr zu entgehen, weicht er mit größtem Scharfsinn den Schlingen des Ehestandes aus und schwört tausend Eide, sich niemals darin fangen zu lassen.

So geht der Galan eine Zeit lang unbekümmert seinen Vergnügungen nach. Beiläufig sucht er auch das Haus eines Freundes auf, der eine junge und hübsche Frau hat; und er erweist ihr, wenn er kann, manchen Dienst, denn er ist artig und gutmütig. Es währt nicht lange und sie beginnt sich mit tiefen Seufzern und reichlichen Tränen über ihren Gatten zu beklagen, der sich nicht mehr gebührend um sie bemühe wie in der ersten Zeit, sondern ihr, so meint sie, ein gelangweiltes Gesicht zeige und angeblich seinen Geschäften nachgehe. Sie aber vermutet, dass ihn etwas anderes bewege, denn er vernachlässige sie ganz und gar, sagt sie; und es sei doch ganz sinnlos, zu heiraten, umso ohne den Mann zu leben. Und der junge Galan, der ein sanftes Herz hat und keine Frauenträne sehen kann, ohne gerührt zu sein, sagt ihr allerlei Freundliches und tröstet sie, so gut er kann, bis mit der Zeit ihre Betrübnis verfliegt und der Gedanke der Rache, die das Vergnügen der Götter ist, lebendig wird. Der Liebhaber setzt nun alles daran, um der Dame zu gefallen und durchlebt mit ihr eine genussfrohe Zeit. Das kann wohl ein halbes Jahr und länger dauern; schließlich wird er dessen überdrüssig, denn es gehört ja mit zum Wesen solch unehrenhafter und auch anderer Liebe, immer matter zu werden und zuletzt ganz zu verlöschen. Und eines schönen Tages nimmt der junge Mann wahr, dass seine schöne Freundin durchaus nicht so vollkommen und unvergleichlich ist, wie er geglaubt hat. Dann zählt er seine Barschaft und stellt fest, dass sie durch Festmähler und allerlei Süßigkeiten, die er der Dame geboten, durch Kleider, Gürtel und Schmuckstücke, die er ihr verehrt hat, beträchtlich zusammengeschmolzen ist. Vielleicht hat er auch ihrem Gatten ein Stück Geld geliehen, wenn der einer von jenen Ehemännern ist, die von ihren guten Freunden gern Geld borgen. Oder der Gatte seiner Dame ist einer von den trübseligen und grausamen Männern, die stets bereit sind, loszuschlagen und zu töten, und der junge Mann muss sich sagen, dass es sehr unklug sei, sich so häufig der Gefahr auszusetzen, von ihm überrascht zu werden. Daher beschließt er bei sich, nicht mehr zu ihr zurückzukehren, denn wenn er entdeckt würde und dem Ehemann in die Hände fiele, dürfte er kaum mit heiler Haut entschlüpfen.

Der Jüngling nimmt sich also vor, der Sache ein Ende zu machen, und er denkt lange darüber nach, auf welche

Art er es der Dame zu verstehen geben kann. Das ist nicht leicht getan. Denn die Mühe und Sorge, die ein Liebhaber erträgt, um die Dame seines Herzens zu gewinnen, sind gering im Vergleich zu den Nöten und Qualen, die er erdulden muss, wenn er von ihr loskommen will. Endlich gelingt es ihm, sich zu befreien, jedoch mit so großer Anstrengung, dass er schwört, nie mehr sich in einen solchen Handel einzulassen.

Er freut sich der wiedergewonnenen Freiheit, genießt sie recht und sagt sich immer wieder von Neuem, dass er sie nie wieder aufs Spiel setzen wird. Es ist eine besondere Sache um die guten Vorsätze; wenn man sie nur stets auch auszuführen vermöchte! Der Jüngling, der hundertmal gelobt hat, den Verkehr mit Frauen zu meiden, macht wohl den Versuch; und er würde ihm auch gelingen, wenn nicht die ersten Tage wären; denn wer einen oder zwei oder drei Monate der Gesellschaft von Frauen ferngeblieben ist, wird sie auch weiterhin solange entbehren können, bis er aus freiem Entschluss oder anderen Beweggründen dahin zurückkehrt. Aber der junge Mann, dem eben noch eine Freundin und alle Vergnügungen der Liebe ständig zu Gebote standen, empfindet eine große Leere in seinem Innern; er fühlt sich recht verlassen und kann sich nicht an seine Einsamkeit gewöhnen. Und so lebendig und toll ist sein Jugendfeuer, dass er in kürzester Zeit alle seine Schwüre vergessen hat.

Bis dahin hat der junge Mann sich sehr klug verhalten und ist, so scheint es ihm, dem Ehenetz nicht zu nahe gekommen; denn er hat sich von den schönen und vernünftigen Damen, die den Fisch schon im Garn halten und über einen Gatten herrschen, ebenso ferngehalten, wie von den ehrbaren heiratsfähigen jungen Mädchen, die mit großer Sorgfalt ihre Fallen stellen, sie mit süßer Täuschung und holdem Lächeln oder anderen tugendsamen Verkleidungen umhüllen. Aber – gelobt sei der Gott der Liebe! – die Welt besteht nicht nur aus vernünftigen Ehefrauen und ehrsamen jungen Mädchen und Witwen, die man heiraten kann, sondern sie ist reich an freimütigen, sanften und liebenswürdigen Geschöpfen, die keiner dieser drei Klassen angehören, dabei aber doch stets mehr oder weniger mit einer davon Fühlung haben und die ihre ganze Aufmerksamkeit und Klugheit darauf richten, die armen Männer, die jungen, alten und mittleren, die vom Übel der Liebe gequält werden, zu erfreuen. Einer solchen guten Dame hat nun unser Galan sich in aller Eile anvertraut, und er tat gut daran, denn er war eben in großer Gefahr, sich in ein ehrsames Mädchen zu verlieben. Es lässt sich wohl denken, dass er nicht lange hin und her gewählt, sondern sich für die erste Beste entschieden hat, die dann natürlich weder schön, noch jung, noch klug oder gut war. Doch das verschlägt ihm nichts; er kann sie ja wieder verlassen, wann es ihm gefällt, denkt er bei sich; er heiratet sie ja nicht. Nun ist es aber eine Eigentümlichkeit der meisten für vorübergehend angesehenen Dinge, umso länger zu dauern, je weniger Sinn sie haben: Deshalb wird der Jüngling sich seiner sicheren Lage solange freuen, bis die Schlingen der Dame ihn viel enger umwunden halten, als es das Netz der Ehe vermag, und er zu spät merkt, dass er nicht mehr entrinnen kann, wie immer er es anfängt.

Wohl kann der junge Mann auch klüger sein und sich nicht an einen bestimmten Ort gewöhnen, aus welchem Grunde seine Neigungen dann vorübergehend und von kurzer Dauer sein werden, und ihr Gegenstand häufig wechselnd. Eines Tages jedoch empfindet er mit viel Schrecken und Unruhe die ersten Anzeichen des Übels, das die armen von Venus bezwungenen Unglücklichen so leicht befällt. In welcher Stimmung ist nun der Galan, der Furcht vor dem Übel hat und mehr noch vor dessen Heilmitteln! Er erinnert sich mancher seiner Freunde, die infolge ähnlicher Ursachen sich lange Zeit gequält haben, sogar weite Reisen machen mussten nach Schweißreich, Schleimstadt und Klapperzahn, mit Gefahr des Todes oder Verlustes ihrer Glieder. Der Jüngling sucht sein Gedächtnis ab, um den Ursprung der Krankheit zu erforschen und glaubt schließlich, ihn gefunden zu haben. Er begibt sich zu der armen Kleinen, die er dafür verantwortlich macht, doch – weiß Gott! – sehr mit Unrecht, und ist sehr unliebenswürdig. Das gute Mädchen ist recht bestürzt, schmeichelt ihm sanft und fragt, was er habe. Er aber gibt ihr harte Worte und macht ihr bittere Vorwürfe, indem er sagt: »Es ist klar, dass Du leichtsinnig gewesen bist; nun bin ich krank durch Deine Schuld.« Die arme Unschuld ist sehr erstaunt und beginnt laut zu jammern: »Weh, ich Arme! Wollte Gott, Du hättest Dich ebenso brav gehalten wie ich; dann wärest Du noch gesund und würdest mich nicht verdorben haben!« Sie ist außer sich und weint und klagt, schwört die furchtbarsten Eide und verlangt, dass man der Sache auf den Grund gehe. Das macht den Galan nur noch verwirrter, und es fehlt nicht viel, dass er sie auf den Knien um Verzeihung bittet. Nichtsdestoweniger geht er mit ihr zu einem alten Doktor, der ganz zufälligerweise die Dame gut kennt, und erzählt ihm die Geschichte. Der Arzt fragt, untersucht, prüft den Fall, und nach langem gründlichen Nachdenken entscheidet er, dass die Krankheit zweifellos bei ihm ihren Anfang genommen habe und dass sie ohne jede Schuld sei; das wichtigste sei nun, unverzüglich zu den nötigen Heilmitteln zu greifen. Man nimmt Abschied, der Galan entfernt sich mit der armen Kleinen, die nichts anderes zu tun weiß als zu seufzen und zu stöhnen. Er ist so betrübt im Gedanken an die Krankheit seiner armen unschuldigen Begleiterin, dass er dabei das eigene Übel vergisst. Sie jammert ihn und er tröstet sie mit großen Versprechungen. Er glaubt, sehr haushälterisch und sparsam zu handeln, wenn er nun nicht mehr von ihrer Seite weicht, denn es erscheint ihm billiger, zwei Kranke gemeinsam zu versorgen als jeden einzeln, und die Heilmittel sind wahrscheinlich auch nicht so teuer, wenn man sie im großen einkauft. Er will also solange bei ihr bleiben, bis sie beide von ihrer Krankheit geheilt sind. Im Laufe der Zeit gewöhnt er sich so sehr an seinen neuen Aufenthaltsort, dass er nicht mehr ans Fortgehen denkt. Auch wäre es sehr grausam und undankbar, das arme Ding, das seinetwegen leiden musste und ihn während seiner Krankheit so brav gepflegt hat, zu verlassen.

Und wie es nun so kommt, findet sich der junge Mann eines Tages als Gefangener in einem Netz, wo er alle Kümmernisse und Unbequemlichkeiten des Ehestandes erdulden muss, auch unzählige andere und größere, ohne irgendeinen Trost oder eine Entschädigung dafür zu empfangen.

Er wird vielleicht ein Jahr oder mehr in Freude und Wonne genießen. Er denkt nur an sein Ergötzen und Vergnügen und gibt sich die größte Mühe, seiner schönen Freundin angenehm zu sein, verschwendet hohe Summen für Feste und Gastmähler, für Möbel, Kleider und Schmuck. Er wünscht sie besser gekleidet zu sehen als alle ihre Freundinnen. Bis jetzt war sie zu arm gewesen, sich Möbel zu kaufen, denn was kann ein Mädchen, das mit seinem Körper vorsichtig umgeht, schließlich verdienen? Sie hat sogar Schulden, die sie nur ungern beichtet und tut es auch jetzt nur, weil sie endlich bezahlt werden müssen und nicht mehr länger verhehlt werden können. Der Gläubiger steht zwar zufällig in Diensten der Dame oder er ist ein Zuhälter, den sie unterstützt; der Liebhaber ahnt das nicht und gibt immer weiter Geld her. So trachtet die gute Dame die Herrschaft über sein Vermögen und seine Person an sich zu reißen, und mit der Zeit gelingt es ihr. Sie sucht immer neue Gelegenheiten, ihn zu Geldausgaben zu verleiten, da sie ja den Vorteil davon genießt und sehr gut weiß, dass er sie umso zärtlicher behandelt, je mehr sie ihn kostet.

Der junge Mann, obwohl aus guter Familie stammend und vornehmer Gesinnung, verfällt in Nachlässigkeit und lässt seine Geschäfte laufen, ohne sich darum zu bekümmern. Er verkehrt nicht mehr mit seinen reichen und einflussreichen Freunden, auch nicht mit ihren Frauen, den natürlichen und allmächtigen Beschützerinnen der jungen Leute; von den ersten wird er vergessen, von den letzteren verachtet, denn sie kennen seine Geschichte. Seine Kameraden fallen einer nach dem andern von ihm ab, denn sie sehen ihn unrettbar umgarnt von dem verhängnisvollen Netz und ohne Nutzen für sich oder andere, was doch für jeden verständigen und klugen jungen Menschen sehr wesentlich sein sollte. Und würde einer von ihnen eine ehrenhafte Frau heiraten, so dürfte er sie um keinen Preis der Welt in das Haus führen, wo seine Geliebte lebt. Diese Damen würden ihn gewiss gern bei sich sehen; doch das erführe seine schöne Freundin, die gewiss nicht dulden würde, dass er ein Haus besuche, wo sie keinen Zutritt hat.

Und wenn manche aus alter Anhänglichkeit und treuer Freundschaft den langgewohnten Verkehr mit ihm aufrechterhalten wollen, so werden sie von seiner Dame verscheucht; sie zeigt ihnen ihre verdrießlichste Miene und verklagt sie bei ihrem Galan. Und wenn zufällig einer der Freunde, etwa in fröhlichem Gespräch bei Tische, ein paar gut gemeinte, wenn auch ausgelassene Scherzworte fallen lässt, ist die schöne Dame höchlich aufgebracht, oder gibt es mindestens vor, und verlässt das Zimmer.

Der junge Mann folgt ihr, um sie zu beschwichtigen; sie fängt an zu weinen und weigert sich, wieder mit hineinzukommen. »Ich weiß genau«, sagt sie, »dass ihr auf mich gar keine Rücksicht nehmt. Sieh doch nur Deine Freunde, sie sagen die ehrlosesten Dinge, wenn ich dabei bin. Sie würden sich in meiner Gegenwart wohl in acht nehmen, wenn ich Deine Gattin wäre. Ich sehe, dass ich Dir lästig bin, darum gehe ich und befreie Dich von mir. Sicherlich werde ich irgendeine ehrsame Dame finden, die mich als Zofe annimmt; von Dir will ich nichts mehr haben!« Schließlich gelingt es dem Galan, sie zu beruhigen; aber sein Freund, der diese Szene verursacht hat, merkt es wohl und meidet fernerhin sein Haus. Ein nächstes Mal wird es sich um einen andern handeln, der in Kenntnis der Umstände sich klug zurückhaltend benimmt. Dann sagt wohl die Schöne zu ihrem Freunde: »Wahrlich, ich wundere mich über ihn und möchte wissen, Lieber, weshalb er mich so verächtlich behandelt. Er zeigt es doch deutlich und geruht kaum zu antworten, wenn ich etwas sage. Das ist doch der beste Beweis, dass ihm auch an Dir nicht viel liegt. Ich weiß nicht, ob er nicht nur deshalb zu Dir kommt, um Dich auszunutzen.« Bei einem Dritten wird sie wieder etwas anderes finden, worüber sie sich beschweren kann, vielleicht, dass er sie mit Liebesanträgen verfolge, obwohl kein Wort davon wahr ist und er nicht einmal daran denkt. So wird sie es weitertreiben, bis der gute Mann endlich von allen verlassen wird. Sie glaubt ihn erst dann ganz in der Hand zu haben, wenn sie ihn sämtlichen alten Freunden entfremdet hat.

Nun ist er gut umstrickt von dem fatalen Gewebe: Alle seine Freunde und Genossen haben ihn verlassen, seine Angehörigen wenden sich von ihm ab und leicht kann es sein, dass er auf Ehrentitel und Vermögensanspruche verzichten muss. Er lebt nun recht beschränkt von einer kleinen Summe Geldes, die er von Vater oder Mutter erhalten hat. Gehört er dem Kaufmannsstande oder einem andern Gewerbe an, so wird sein Geschäft ihm keinen oder nur geringen Nutzen bringen, denn alle, mit denen er zu tun hat, gehören der großen Gemeinde der Verheirateten an, die einander gegenseitig unterstützen und helfen, so gut sie können (und sie tun wohl daran, denn das ist notwendig) und nichts von den Unverheirateten oder solchen, die nur zum Schein verheiratet sind, annehmen. Der arme Mann muss nun in bescheidensten Verhältnissen weiterleben und wird sich oft nach großen Gütern und Ehren sehnen, die er hätte haben können, nun aber nie mehr haben wird. Der Dame verursacht das wenig Kummer; sie weiß sich in die kleinsten Verhältnisse zu fügen.

Mit seinem geringen Vermögen muss der arme Mann nun ganz gegen seine Gewohnheit einen bescheidenen Haushalt führen. Seine Verwandten und Freunde haben ihn verstoßen, er hat keine andere Gesellschaft als seine Geliebte, die reizbar, mürrisch und unverständig ist, ein paar ihrer Freundinnen, eine älter, hässlicher und dümmer als die andere (denn nur so will sie sie haben) und die Männer, – wahrscheinlich niederer Abkunft und ohne Bildung, wenn nicht noch schlimmer, wovon ich lieber schweigen will – die sie in ihren Netzen gefangen halten. Man kann sich nun denken, welche Freude einem edlen, klugen, wohlerzogenen und reich begabten Menschen der Verkehr mit solchen Geschöpfen bringen wird. Bald kann er Gott loben, der in seiner großen Barmherzigkeit die Leidenden nicht verlässt: Mangels entsprechender Übung werden die Fähigkeiten des jungen Mannes schon nach kurzer Zeit zu verlöschen beginnen und bald ist er ganz verdummt und seinen neuen Genossen in allen Punkten gleich, wenn nicht Zorn, Neid und schlechter Lebenswandel, in dem er sein Unglück zu ertränken sucht, ihn noch verächtlicher machen.

So weit ist er nun. Die Frau hat vielleicht eines oder mehrere Kinder bekommen, die sie mit Recht oder Unrecht ihm zur Last legt. Es kommt häufig vor, dass Frauen, die mit ihrem Körper Verschwendung treiben, lange unfruchtbar bleiben, weil die vielen und verschiedenartigen Bearbeiter dem Boden keine Muße gönnen, Früchte zu tragen; dass aber dann, wenn sie ihre Lebensweise ändern, eine Wandlung eintritt. Der gute Mann quält sich sehr, denn er kann niemals wissen, ob die Kinder wirklich ihm zugehören. Jedenfalls muss er sich stellen, als ob er davon überzeugt wäre, und ist nun sehr betrübt, wenn er daran denkt, was sie werden erdulden müssen, denn man wird ihnen stets ihre Geburt vorwerfen und sie deshalb gering achten; das Schlimmste ist, dass sie wenig Geld haben werden, denn das Geld deckt alles zu. Sie aber ist voll Freude darüber; sind doch die Kinder ein starkes Band, an dem sie den guten Mann nur noch fester halten kann. Auch glaubt sie, dass Kinder zu haben auf jeden Fall sie dem Stande einer ehrbaren Frau um einen großen Schritt näher bringen müsse. Über ihre Zukunft macht sie sich keine Sorgen; sie werden mindestens ebenso ehrenhaft durchs Leben kommen wie sie selbst.

Diese Art von Frauen schätzen den Besitz von Kindern so hoch, dass sie alles daran setzen, um eines oder mehrere zu bekommen. Und wenn es ihnen nicht gelingt, was oft vorkommt, weil die häufige Benutzung verschiedener Mittel und Instrumente sie der Empfängnis verschlossen haben, machen sie den Galan dafür verantwortlich, behaupten, dass er unfähig sei, und sehen sich nach einem Ersatz um. Sie werden bald einen oder mehrere Freunde finden, mit denen sie sich dem bewussten Zeitvertreib leidenschaftlich hingeben können. Es kommt auch vor, dass eine solche Dame seltsame und unerlaubte Auswege ersinnt; etwa ein Kind kauft, um es dem Manne gegenüber für ihr eigenes auszugeben, oder eines stiehlt, dafür vors Gericht kommt und der arme Kerl mit ihr, was ihm jedenfalls nicht viel Ehre einbringt. So verbringt der gute Mann seine schönsten Jahre, wird vor der Zeit alt infolge der Kümmernisse und Sorgen, die er ertragen muss und die weder durch eigene noch durch fremde Freuden erleichtert werden. Er ist krank und elend und dabei schwachsinnig. Doch hat er immer noch Verstand genug, um zu sehen, dass seine Geliebte längst Trost gefunden hat und er ihrer Meinung nach schon zu lange lebt. Er betrachtet seine Lage und erkennt wohl, dass die Schöne nach und nach sich seinen ganzen Besitz angeeignet hat, indem sie alles oder doch den größten Teil davon von ihm zum Geschenk oder Verkauf herauszulocken verstand. Der Arme ist sehr verzweifelt, wagt jedoch nicht, der Dame Vorwürfe zu machen, was immer sie zu tun für richtig befinde, weil sie ihm vielleicht schon einmal gedroht hat, ihn aus dem Hause zu jagen. Seine Eltern darf er nicht um Hilfe angehen, denn er hat sich seit Langem nicht mehr um sie gekümmert, und sie wissen wohl, wie es mit ihm steht, haben sie ihn ja deswegen enterbt. Auch würde er es nicht wagen, aus Furcht vor seiner Geliebten.

Er wird immer kränker, sie aber und ihre Untergebenen sorgen nicht mehr für ihn, kaum, dass sie ihm das

Nötigste zur Fristung seines armseligen Lebens zukommen lassen. Aus den genannten Gründen wagt er auch nicht, sich darüber zu beklagen.

So ergeht es dem armen Manne in dem verhängnisvollen Netz, das hundertmal schlimmer ist als das Netz des Ehestandes; er kann sich nicht losmachen, muss darin hängen bleiben und sein Leben elend beschließen.